LE

PÈLERINAGE DE SUBIACO

PAR

D. Alberico M. PANELLA

Moine de la première Abbaye

(Parme, imprimerie Fiaccadori, 1875.)

TRADUIT DE L'ITALIEN

Par J.-B. BLANDEAU

Aumônier des Sœurs de la Providence d'Angoulême.

———≈≈⊙⊙⊙≈≈———

ANGOULÊME

IMPRIMERIE ROUSSAUD

3, Rue Tison d'Argence, 3.

LE
PÈLERINAGE DE SUBIACO

PAR

D. Alberico M. PANELLA

Moine de la première Abbaye

(Parme, imprimerie Fiaccadori, 1875.)

TRADUIT DE L'ITALIEN

Par J.-B. BLANDEAU

Aumônier des Sœurs de la Providence d'Angoulême.

ANGOULÊME

IMPRIMERIE ROUSSAUD

3, Rue Tison d'Argence, 3.

PERMIS D'IMPRIMER :

Angoulême, 15 octobre 1890.

† A.-L., *év. d'Angoulême.*

A S. G. Monseigneur Alexandre-Léopold Sebaux,
Évêque d'Angoulême.

Monseigneur,

Je présente à Votre Grandeur la traduction d'une petite brochure italienne, qui décrit le site, les sanctuaires, les peintures du monastère de Subiaco, et raconte, avec la vie de saint Benoît, l'histoire abrégée des moines bénédictins en Italie ; c'est un souvenir rapporté par l'un de vos prêtres du pèlerinage de Subiaco.

Daignez agréer, Monseigneur, avec l'hommage de ce petit travail, l'assurance des sentiments de profonde vénération et de piété filiale avec lesquels

Je suis,

De Votre Grandeur,

Le très humble et très obéissant serviteur.

BLANDEAU,
prêtre.

Al Reverendissimo Padre mio osservandissimo
il Padre Abate Generale di Subiaco.

Reverendissimo Padre, Padron osservandissimo,

Mi prendo la licenza di presentare a V. P. R^{ma} una povera traduzione francese della Notizia circa l'Abbazia di Subiaco composta dal R. P. D. Alberico M. Panella. Questa traduzione è stata fatta alla richiesta d'un peregrino sacerdote, che, nel anno 1878, ne aveva riportato l'originale dalla Proto-Badia, ed a quella è stato aggiunto un epilogo di tutto quel che è descritto e riferito nella sopradetta Notizia. Consideramo come un giusto debito e legitimo atto di riconoscenza il rimandare a Subiaco quel che ne abbiamo ricevuto.

Degnisi V. P. R^{ma} accogliere con benevolenza questo debole pegno del nostro amore e gratitudine verso il santissimo e dottissimo ordine del Patriarca Benedetto.

E le bacio umilissimamente le mani

Da Angoulême, li 1 marzo 1891

Di V. P. R^{ma}

Umilissimo ed obbligatissimo Servidore

BLANDEAU,

Limosiniere dell'ospizio della Providenza.

AVERTISSEMENT

Une petite brochure italienne, contenant l'abrégé de la vie de saint Benoît et de l'histoire des monastères bénédictins en Italie, fut apportée en 1878 par un pèlerin de Subiaco. Il nous en demanda une traduction, et c'est cette traduction que nous présentons aujourd'hui au public. Puisse-t-elle contribuer pour une faible part à faire connaître le Patriarche des moines d'Occident et de l'ordre des Bénédictins, qui comptent tant d'hommes illustres par leur science et leur piété, et au milieu desquels le lecteur remarquera des noms français contemporains. Personne ne méconnaît les services rendus par les fils de saint Benoît, dans leurs travaux et leurs persévérantes études, à la société et à la civilisation chrétiennes. En rappelant le souvenir de leurs bienfaits et celui de leur fondateur, nous leur payons une dette de justice, et pour leurs grandes et saintes œuvres nous rendons grâce à Dieu, à qui seul appartient la gloire.

Traduction faite sur la demande d'un pèlerin qui rapporta de Subiaco, en 1878, une petite brochure italienne résumant la vie de saint Benoît et l'histoire des monastères des religieux bénédictins en Italie.

Les textes latins ne sont pas traduits dans la brochure italienne.

Les renvois ne s'y trouvent pas non plus.

LE PÈLERINAGE DE SUBIACO

I.

La Sainte-Montagne.

> *Ibunt populi multi et dicent : Venite et ascendamus ad montem Domini.*
>
> Des peuples nombreux se mettront en mouvement et diront : Venez gravir avec nous la montagne du Seigneur.
>
> (Ps. xi, 3.)

Non loin de la ville de Subiaco, où l'on voit encore courir en folâtrant le petit fleuve de l'Anio, s'élève majestueusement au-dessus de tous les autres, qui lui forment une couronne, le mont Taléo, sous un ciel limpide, et au milieu d'une nature variée et pleine de charmes, qui en fait un agréable séjour à ceux qui veulent, loin des tempêtes du monde, reposer leur esprit fatigué et l'élever aux pensées du Paradis. Là, du côté du midi, s'ouvre une caverne vénérable qui, pendant trois ans, fut la pieuse résidence et l'asile du grand serviteur de Dieu, saint Benoît, qui avait fui les dangers du monde, où dans la suite, comme un doux essaim, prirent leur vol d'innombrables âmes, venues

2

pour y prier aux sources de la dévotion, ou pour y trouver la paix de la conscience, ou bien encore pour y vivre dans la contemplation du ciel.

Le pèlerin, arrivé au pied de cette sainte montagne près du pont dit de Saint-Maur et de la rotonde, petite chapelle du même saint, commence à monter, en suivant une route qui serpente au milieu des arbustes et des haies, tantôt en s'élevant au-dessus du fleuve, tantôt pénétrant parmi les oliviers. Là, dans un détour, on rencontre une chapelle, et plus haut une autre encore, et puis le grand monastère de Sainte-Scolastique et, à côté, la petite église appelée de Sainte-Croix, d'où part un long sentier, toujours sur le bord et en vue de l'Anio, et conduisant à un antique petit bois. Le recueillement saisit le pèlerin qui entre sous ces ombres sacrées, il avance et se trouve bientôt au pied d'un escalier étroit. Montez, et vous êtes au sanctuaire de la Sainte-Caverne. C'est un édifice posé sur des arceaux très élevés et hardis, sous un rocher incliné ; une tour en garde l'entrée et le monastère qui est au-dessous ; un petit pont, autrefois pont-levis, donne accès à la petite porte d'entrée. Tout ce que la nature a de beau et de sublime, la divine Providence l'a réuni dans ces lieux, clarté pure du Ciel, bosquets touffus, gigantesques rochers, herbes aromatiques, fleurs odoriférantes aux mille teintes variées que l'on se plaît à admirer. Le charme grandit au gazouillement des petits oiseaux et aux murmures du fleuve, dont les eaux fraîches et limpides, par mille détours, tantôt paisibles et pures, tantôt rapides et écumantes, baignent les pieds de la Sainte-Montagne, en se précipitant parfois à larges

bords, et en se brisant en de petits circuits, et d'autres
fois s'apaisent en décrivant de plus larges contours, et
tout à coup elles disparaissent sous les rochers et dans
l'intérieur des cavernes pour reparaître à découvert et
continuer leur course fugitive. A tous ces agréments
le cénobite sait unir, çà et là, de petits jardins, des
allées ombragées, des bosquets, des cahutes, de petites
chapelles et des ermitages. Une belle route au couchant, qui se replie ensuite et monte chez le surinten-
dant du monastère, amène à l'ermitage, dédié à saint
Blaise, d'où saint Romain portait à saint Benoît son
maigre dîner. Au côté opposé, une autre route se glisse,
en montant la colline, au levant, jusqu'au monastère
du bienheureux Laurent. Mais hâtons-nous, il nous
tarde d'arriver au sanctuaire.

NOTA, — Ce petit ouvrage a été écrit avant la suppression des
monastères de Subiaco arrivée pour la Sainte-Caverne, le 22 mai
1874, et pour Sainte-Scolastique, le 14 juillet de la même année ; il ne
sera pas inutile d'en avoir averti le lecteur.

II

La Sainte-Caverne.

> *Gaudium et lætitia invenietur in eâ,*
> *gratiarum actio, et vox laudis.*
>
> On y entend des chants de joie et
> d'allégresse, d'actions de grâce et de
> louange.
>
> (Ps. LI, 3.)

Un étroit passage mène à la porte du sanctuaire : entrez, et vous êtes surpris de vous trouver dans un petit temple, tout à la fois élégant et sévère. La voûte que vous avez au-dessus de vous s'élève majestueusement. Vous voyez se prolonger en face un arceau inférieur, soutenu à la base par trois beaux petits arceaux aigus, appuyés de quatre petites colonnes de marbre violet, qui repose agréablement sur de hauts et minces piliers. A la faible clarté qui descend des vitraux en couleur, avancez-vous sur le brillant pavé de marbres divers disposés en beau dessin, et, descendant par quelques degrés sous l'un des petits arceaux de côté, vous êtes au grand autel, placé dans l'heureux contraste d'un rocher informe, d'arceaux distingués et de belles peintures. L'autel, tout en mosaïque, est couronné d'un arceau gothique soutenu par deux colonnettes torses ornées aussi de mosaïque. A droite on se rend à deux chapelles et à la sacristie, et l'on voit, par une petite porte, dans le fond d'une allée obscure d'acacias, la statue de saint Benoit qui élève le bras, comme pour commander au rocher qui menace de rouler sur le monastère, et semble le tenir en suspens. A gauche du grand autel il y a d'autres petites chapelles, cachées sous le rocher.

On se baisse pour descendre sous le petit arceau du milieu, par un escalier, à un petit palier à la droite duquel on trouve la chapelle appelée *Sancta Sanctorum* (Saint des Saints), destinée à garder le dépôt de précieuses reliques de la très sainte passion du Seigneur, et, plus avant, la chapelle de saint Grégoire le Grand, où Grégoire IX, en 1228, consacra un autel ; on y admire le portrait de saint François d'Assise, peint de son vivant ou deux ans après sa mort. A gauche du palier susdit on descend par un bel escalier, au pied duquel, à gauche, on voit un chœur élégant fermé par une balustrade de fer et, à droite, un large vestibule. Cet escalier, appelé escalier saint, monte par un arceau gothique à la chapelle de la Madone, où l'on vénère le corps du bienheureux Laurent de Fanello ; puis, on descend à une grotte et, enfin, on sort par une petite porte au-dessus de la roseraie, autrefois le buisson d'épines où se jeta le Saint pour remporter une grande victoire.

Mais l'objet plus précieux, qui suspend l'attention du pèlerin et qu'il recherche anxieusement dans ces cavités et ces détours, c'est la caverne où le petit Benoît acquit une sainteté extraordinaire et qui fut le témoin secret des extases de cet innocent enfant. Du vestibule dont nous parlons, vous la reconnaissez bientôt à la couronne des dévots qui y sont prosternés à l'entrée qui se fait remarquer par la plus splendide décoration, et

dont le sommet porte gravées ces paroles de saint Grégoire : « *S. Benedictus, in specu in quo habitavit, nunc
usque, si petentium fides exigat, miraculis coruscat* »,
« S. Benoît, dans la caverne qu'il habita, répond jusqu'à
présent par d'éclatants miracles à la foi de ceux qui le
prient » (c. 37). La voilà ; une obscure petite chapelle,
éclairée par plusieurs lampes, ferme très bien l'entrée de
la sainte grotte qui, en pénétrant dans la pierre vive,
présentait au saint jeune homme une retraite très incom-
mode et très étroite. La très belle statue qui le représente
au milieu, par derrière l'autel, pose dans une belle attitude de tendre dévotion, le regard élevé et fixé sur une
croix avec un air et un éclat célestes. Des pensées et
des sentiments tout nouveaux touchent et émeuvent
jusqu'aux larmes. Un enfant si délicat dans cette caverne
affreuse, privé de toute consolation humaine ! Oh ! il
vous semble voir ce faible corps se consumer, et votre
cœur s'apitoie sur une fleur si belle de jeunesse, qui
languit dans une pénitence si rigoureuse ; mais on se
réconforte bientôt à la joie de l'extase qui le couvre de
ses clartés.

Le sanctuaire est tout orné de fresques de cet âge
qui savait si bien accommoder la simplicité à la grandeur et imprimer tant de grâce et de piété sur les
visages. Le mélange de suave et de sublime de ces
chapelles ou petites églises superposées l'une à l'autre,
la variété et les contrastes de l'art et de la nature, la
lumière faible et colorée qui descend des vitraux peints,
ou mieux cette obscurité sacrée, le chant des religieux
à la voix rauque et pieuse, qui résonne dans ces soli-
tudes, le silence majestueux qui y succède, met le
comble à cette plénitude de sentiments qui forcent le

pèlerin à s'écrier dans l'extase : « Vraiment ici ce n'est
pas autre chose que la maison de Dieu et la porte
du Ciel ! » (Gen. XXVIII, 17).

Cet admirable monument d'un art inspiré par la foi
au service de la piété, eut, d'une certaine manière, ses
premiers commencements dans la grotte dite inférieure,
près de la roseraie, puisqu'il paraît que saint Benoît
y avait là-même son oratoire dédié au saint pontife Sylvestre ; là, comme en un lieu de plus facile accès et le
plus spacieux, il recevait les bergers et tous ceux qui
venaient à lui pour entendre la parole divine de sa
bouche. C'est pour cette raison que Pierre, le sixième
abbé de Subiaco, y forma une véritable église quoique
sans art, et le pontife bénédictin Léon IV, en 853,
y consacra deux autels ; l'abbé Humbert, dans la
moitié du onzième siècle, avec l'aide de Léon IX, aussi
bénédictin, couvrit et réunit en une seule les deux
grottes, et à la fin Jean V, conduit ici par le grand
Hildebrand, et nommé abbé de Subiaco en 1062, acheva
l'entreprise, comme on le voit aujourd'hui, avec une
rare habileté sous le rapport de l'art ; car c'est une
merveille à peine croyable, dans un lieu si mal
disposé, sans avoir où poser le pied dans ces rochers
d'accès difficile, avec ces écueils gigantesques qui, de
front et par côté, se dressent menaçants, de fixer et
d'élever avec tant de régularité un édifice aussi consi-
dérable. Le même Jean V, par des maîtres qui parais-
saient excellents à cette époque, fit orner l'église de
peintures, ce que fit de même plus tard Jean de Tagliacozzo, fait prieur de la Sainte-Caverne par Innocent III;
il ne reste plus rien de ces œuvres. En 1595, l'abbé
Jules de Mantoue, démolit un ancien escalier, incom-

mode, qui embarrassait la Sainte-Grotte, dont il agrandit le vestibule et l'entrée qu'il fit plus décente. La statue de saint Benoît dans la caverne est une très belle œuvre de Raggi, disciple de Bernini, exécutée en 1657, et l'autel de marbre blanc soutenu par deux enfants est de l'année 1785. D'autres objets appellent la dévote admiration des pèlerins. Ce sont : le corps de saint Vincent M. (1), le capuchon de saint Basile et la cuirasse du bienheureux Laurent, dans le reliquaire de la sacristie ; et, dans celui de l'autel dit *Sancta Sanctorum,* une parcelle de la vraie Croix dans un gracieux reliquaire d'argent, et un corporal sur lequel la sainte Hostie a répandu miraculeusement du sang ; c'est un don fait en 1012 par l'abbé de Fulda, qui témoigne que c'est à la messe de l'un de ses moines que le miracle est arrivé. Les amateurs de l'antiquité romaine ont eux-mêmes quelque objet digne de leur attention. Près de la porte de la sacristie, sur une colonette, se trouve une petite urne funéraire avec cette inscription presque effacée : *D. M. Ulpiæ Cales vix. ann. XI ;* ce qui veut dire : « *Diis manibus Ulpiæ Cales, vixit annos undecim.* » « Aux dieux mânes d'Ulpia Cales. Elle a vécu onze ans. » En dehors de la porte de l'allée des acacias, il y a une antique colonnette avec une croix de marbre au-dessus, mise à la place de l'idole qui devait y être ; on y lit en effet ces paroles : « *Sancto Silvano votum ex visu ob libertatem Sex. Attius Dionysius sig. cum base d. p.* (2) » « Au divin Silvain pour la liberté qui lui fut annoncée dans une vision, Sex. Attius Dionysius (Denys) a consacré la statue avec la base. » Il semble que

---

(1) M., martyr.
(2) *d. p., dedicavit, posuit,* a dédié et érigé.

Sextus Attius Dionysius fut un affranchi qui dédiait une statuette ou autre signe symbolique (*signum*), placé sur cette petite colonne (*cum base*), au divin Sylvain qui, dans un songe ou une vision (*ex visu*), lui avait prédit la liberté. Ce fut trouvé dans les alentours du monastère de Saint-Jean, dit le monastère de l'*Eau*.

Avant 1090 personne n'habita en ce saint lieu, autant que nous l'apprend la tradition, et le bienheureux Palombo, seigneur du pays des Marses, s'étant fait moine, fut le premier qui y fixa sa demeure durant l'espace de vingt-cinq ans. Aussi, l'abbé Humbert voulait-il fonder, et dès la moitié du onzième siècle mit-il sa pensée à exécution, le monastère qui fut achevé depuis par Jean V. Cependant, il ne réunit que deux ou trois moines jusqu'à l'année 1165, où l'on y reçut les moines Basiliens, forcés de sortir de Grotta-ferrata, par suite de la guerre qui s'était allumée entre les Romains et les Tusculans ; ils emportèrent beaucoup de saintes reliques et le capuchon de saint Basile ; ils moururent tous sans pouvoir retourner à leur monastère et laissèrent à la Sainte-Caverne ce précieux héritage. Enfin, Innocent III, en 1202, y établit une famille monastique qui devait suivre de près les règles de son saint patron, dont elle avait continuellement sous les yeux les exemples de perfection, d'abnégation et de pénitence. Mais, ainsi qu'il arrive, s'attiédit successivement cette première ardeur, jusqu'à ce que Dieu toucha le cœur de Mgr Tedeschi, évêque de Lipari, et fervent bénédictin, qui, en visitant pour la première fois le berceau de l'ordre, fut pris d'une si grande dévotion pour saint Benoît et sa première demeure, qu'il en entreprit avec zèle les réparations tant spirituelles que matérielles, qu'il ne cessa de poursuivre avec le plus grand succès jusqu'à sa mort, arrivée en 1741. Elle mit en possession le sanctuaire, ainsi qu'il l'avait disposé, de tous ses biens et de sa dépouille mortelle qui fut déposée devant la Sainte-Grotte. Néanmoins, l'observance retomba de nouveau dans la tiédeur, et Dieu suscita encore un autre homme selon son esprit, dans le Père abbé Casaretto qui, envoyé par le Souverain Pontife Pie IX en 1851, inspiré d'un zèle ardent, plein de force et d'un courage de feu, ramena à son premier état et à sa splendeur, la sainte règle qui s'y observe aujourd'hui, y rétablit le silence, la solitude, le jeûne, l'abstinence perpétuelle, la récitation pieuse des psaumes le jour et la nuit, et fit observer exactement la sainte règle dans toute son étendue. De plus, il embellit le sanctuaire de nouvelles peintures et de travaux d'architecture, et, réformant presque tout avec le goût le plus délicat, corrigea et fit disparaître ces lourderies que la corruption de l'art avait mêlées à l'ingénuité et à l'innocence du premier âge, avec lesquelles il mit tout en harmonie, et y ramena l'ordre et la pureté.

Passons à la

DESCRIPTION DES PEINTURES.

Nous ne voudrions pas trop nous étendre à décrire en détail les peintures de ce sanctuaire, ayant pour but d'accompagner le pieux pèlerin qui se contente de quelques indications, et laissant aux intelligents le soin d'en juger par eux-mêmes. Cependant, comme nous avons lu les jugements qu'on en a portés et qui s'accordent peu entre eux, nous saisissons cette excellente occasion pour nous déterminer à nous en faire une idée exacte, dans la pensée de rendre quelque service aux amis des Beaux-Arts, en cherchant à leur présenter en très bon ordre ce que l'on peut en dire de mieux et de plus vraisemblable, avec quelques observations que nous avons faites dans l'examen attentif de ces peintures.

Nous voulons d'abord rapporter à six âges successifs l'exécution des divers genres des fresques de ce lieu ; le premier allant à la moitié du XIIᵉ siècle ; le second, au commencement du XIIIᵉ ; le troisième, à la moitié ; le quatrième, à la fin du même siècle ; le cinquième, à la moitié du XIVᵉ ; et le sixième, sur le déclin du XVᵉ ; entre les uns et les autres ensuite il y a des travaux qui continuent l'histoire de cet art, en sorte que nous pouvons le voir dans son enfance essayer ses premiers pas et peu à peu grandir toujours et plaire de plus en plus jusqu'à l'apogée de sa gloire. Telle est notre opinion, et nous pensons ne pas nous tromper. Voici ce qui est certain : une des peintures, du genre le plus ancien qu'il y ait, est sans doute le fait de la consécration de la chapelle de Saint-Grégoire représenté dans la chapelle elle-même ; le peintre y a écrit l'année de son exécution, la seconde du pontificat de Grégoire IX, 1228 ; toutes les autres, excepté celles de l'ancienne façade, au-dessus de la roseraie, paraissent plus récentes, et on ne peut leur assigner une plus grande antiquité, à moins de supposer un miracle de l'art, si extraordinaire qu'on ne pourrait l'admettre sans des preuves très claires. A présent, ceux qui ont voulu rapporter les peintures des murs de

l'église inférieure vers l'année 1217, comme l'abbé
Bini et, après lui, Gori, et, ce qui est plus fort,
faire remonter les peintures de la voûte et, ce qui
est inadmissible, celles du réfectoire à un siècle
en arrière, s'appuient, comme le fait Bini, sur la
vieille chronique (écrite en 1573) où on lit que
Jean V, créé abbé de Subiaco en 1062, et mort
en 1121, employa d'excellents maîtres pour orner
l'église qu'il fit achever ; et, en vérité, le chroniqueur
nous fait croire que les peintures qu'il admirait de son
temps furent celles que Jean V fit exécuter. Quant à
celles de la voûte de la dite église, la chronique plus
récente de Mirzio dit que l'on croit *(creditur)* que Jean VI
les a fait faire quand il était prieur de la Sainte-Caverne,
avant l'année 1216. A présent, sans rejeter la chronique,
nous pouvons sûrement affirmer que les peintures
exécutées par l'ordre de Jean VI ont dû disparaître
dans les temps qui ont suivi, pour faire place à celles
que nous voyons. Cependant, l'abbé Bini dit en outre
qu'il a trouvé, je ne sais dans quels vieux écrits, que
Jean VI se plut à apposer aux peintures qu'il faisait
faire, ses armoiries de famille, où l'on représente une
montagne sur laquelle se pose un oiseau, et, en les
voyant dans la fresque d'un mur de l'église inférieure,
il croit avoir trouvé, sans aucun doute, que celle-ci
et les autres de ces murs sont justement celles que le
dit abbé a fait exécuter. Nous ne croyons pas que l'on
doive regarder comme nulle cette opinion que, flatteuse
en quelque sorte pour son amour-propre, l'écrivain
pouvait très bien déduire d'un fait visible à tous, en
supposant toujours vrai ce que rapportait le chroniqueur. Du reste nous ne connaissons pas ces vieux

écrits, malgré les soins que nous avons mis à les rechercher, et, pour ce motif, nous ne pouvons pas juger de leur autorité et de leur antiquité, et nous nous en tiendrons à exposer ici ce que nous verrons ; ces hypothèses ne nous paraissant pas probables, tant que nous n'aurons pas de plus fortes raisons pour changer d'avis.

Les peintures donc de l'ancienne façade de l'église, qui, sans doute, sont les plus anciennes, nous pensons qu'elles appartiennent à la moitié du douzième siècle ; celles de la chapelle de saint Grégoire, ce saint placé sur le pilier en avant de la dite chapelle , sont de l'année 1228 ; ensuite viennent celles de la voûte de l'église dite inférieure, et nous les plaçons à la moitié du XIII° siècle ; puis celles des murs de la dite église, dont on suppose que l'auteur est le même que celui qui a peint la Madone dans la niche près de l'escalier, à gauche, par où l'on descend dans cette église ; il y a écrit d'un côté : « *Magister Conxolus pinxit hoc opus* » : « Maître Conxolus a fait cette peinture. » Elles sont plus modernes que les précédentes, puisqu'elles le paraissent, mais on ne peut les placer au-delà la fin du XIII° siècle.

Viennent par ordre de temps , mais bien supérieures en mérite, celles de la chapelle de la Madone, celles de l'église supérieure et les autres du réfectoire ; on y découvre le genre de Giotto, et nous les croyons de la moitié du XIV° siècle et peut-être l'œuvre d'un certain Stamatique, d'origine grecque, de la nouvelle école italienne, puisqu'on trouve une inscription au devant de la chapelle de la Madone : « *Stamatico Greco pictor P.* » *(forse perfecit)*, « Le peintre grec Stamatique...» *(peut-être* l'a fait).

Les peintures qui sont à l'entrée appartiennent à la seconde moitié du xvᵉ siècle, et, si nous ne nous trompons, elles sont dues à la même main qui a fait le S. Sébastien placé sur le pilier vis-à-vis de l'autel majeur, où l'on a inscrit l'année 1486.

Après ces indications générales, revenons à la porte du sanctuaire pour parler de chacune des peintures en notant tout ce qu'il y aura de plus remarquable.

CORRIDOR D'ENTRÉE. — *Sur la porte :* Madone avec le saint Enfant ; c'est une représentation toute céleste et semble l'œuvre de Stamatique. *Voûte :* Saint Benoît et les trois pontifes bénédictins : saint Grégoire le Grand, saint Léon IV et saint Agathon qui montre, dans le livre qu'il tient à la main, ces paroles : « *Pax huic domui et omnibus habitantibus in eâ* » : « Paix à cette maison et à tous ceux qui l'habitent » (fin du xvᵉ siècle).

SALLE SUIVANTE. — Dans cinq compartiments sont distribuées ces figures. Dans le milieu, le divin Rédempteur, assis sur les flots de la mer, avec une majesté mêlée d'une miséricordieuse douceur ; il tient la main droite élevée pour bénir, et il porte le monde dans la main gauche. D'un côté et de l'autre sont les quatre évangélistes dans une attitude très naturelle, et, dans le voisinage de saint Luc, on voit avec plaisir l'édifice du monastère dans la forme qu'il avait en ce temps, et dans un demi-cercle [1], est représentée la sainte Famille (fin du xvᵉ siècle).

EGLISE. — MURS A DROITE : 1° entrée dans Jérusalem, très belle scène ; les petits enfants dansent, chantent

---

(1) Italien : *Lunetta,* petite lune ; en termes d'architecture : espace de demi-cercle entre les deux points d'appui des voûtes.

et font de la musique, et quelques-uns parmi eux sautent sur les arbres ; l'expression des visages est admirable ; 2° l'ange, assis sur le sépulcre ouvert, montre aux trois Marie qu'il est vide ; 3° le Seigneur, ressuscité, défend à Madeleine de le toucher ; 4° Jésus-Christ, au milieu des apôtres, invite saint Thomas à toucher ses plaies ; 5° ascension de Jésus-Christ au ciel.

Murs a gauche. — 1° Judas, par un baiser, trahit son maître ; les apôtres s'enfuient, un soldat saisit un disciple par le manteau qui le couvre et dérobe son corps à la vue ; 2° en delà du pupitre (tout en pierre, orné de belles sculptures) est représentée la flagellation ; 3° Pilate, qui siège *pro tribunali* (sur son tribunal), et la marche au Calvaire ; sont en avant les deux larrons avec les mains liées ; ils portent écrit sur la poitrine, l'un *Dimas,* et l'autre *Gestas.* Jésus vient ensuite chargé de la croix, ensuite les pieuses femmes au milieu des bourreaux, des soldats et du peuple ; 4° la descente du Saint-Esprit sur la très sainte Vierge Marie et les apôtres, pieusement réunis dans le Cénacle.

Au-dessus de l'arceau de front. — Le crucifiement, avec une foule de figures, disposées en groupes qui expriment au vif le dernier acte de cette grande tragédie. Le Christ mort sur la croix est entouré d'anges, qui, partagés entre le respect et l'épouvante, recueillent le sang qui coule des plaies en abondance. A droite, un ange reçoit l'âme du bon larron, et à gauche un démon emporte celle du mauvais. Au-dessous on voit la T. S. V. Marie évanouie entre les bras des femmes, et Madeleine tend les mains à son Seignenr. On entend comme le tumulte des soldats à pied et à cheval ; les uns portent les enseignes déployées, les autres sont armés, d'autres sonnent de la trompette. Un soldat élève le roseau au bout duquel est attachée l'éponge, et Longin retire la lance du côté ouvert. Le centurion à cheval s'écrie : « *Verè filius Dei est* », « Il est vraiment le fils de Dieu », comme on le voit écrit. L'un paraît en colère, l'autre menaçant, quelques-uns sont assis et se partagent les vêtements, d'autres descendent de la montagne et se retirent, et l'un d'eux glisse et tombe, il est relevé par ceux qui sont près de lui. On y voit des mœurs et des mises de modes très curieuses et la plus grande variété de physionomies et de poses, qui ne manquent pas de prêter à la satire et au ridicule.

Dans les quatre triangles formés par la voûte, sont quatre docteurs, assis sur leurs sièges travaillés avec la plus grande perfection, et au-dessus des sièges sont les quatre évangélistes. Du côté du crucifiement, est saint Grégoire le Grand avec saint Mathieu. Du côté de la porte, saint Augustin avec saint Jean. A gauche, saint Ambroise avec saint Marc. A droite, saint Jérôme avec saint Luc.

Dans l'arceau, au-dessus du crucifiement, sont tous les saints prophètes, et, dans celui qui est au-dessous, des anges, très curieux, dont un très grand nombre se trouvent représentés sur toute l'étendue des deux cordons qui courent par la voûte et s'y croisent.

Toutes ces peintures que nous venons de décrire de cette première partie de l'église sont de la moitié du xive siècle, et nous ne pouvons pas en faire assez d'éloges.

Au-dessus des trois petits arceaux gothiques. — Saint Benoît avec la mitre et la crosse, assis sur le siège : il a, à droite, sainte Scolastique en pied, qui lui présente leur mère Abondance à genoux, et auprès sainte Silvie, qui lui offre une corbeille. A gauche de saint Benoît, un jeune moine en pied, peut-être saint Placide; un sénateur qui pourrait être le père de celui-ci, Tertulle, et puis, un autre sénateur appuyé sur une épée, Proprius, père de saint Benoît.

VOUTE. — Vers l'autel, S. Grégoire le Grand ; vers la porte saint Honorat, à gauche saint Maur, à droite saint Romain, tous assis sur de beaux sièges.

MUR A DROITE. — 1° Saint Benoît faisant le signe de la croix brise le verre plein d'un vin empoisonné (voir pag. 41). — 2° Saint Maur voit un démon qui tire par son scapulaire hors de l'oratoire un moine du monastère de Saint-Ange. Derrière l'oratoire on voit saint Benoît qui frappe ce moine en présence des religieux (v. pag. 43).

MUR A GAUCHE. — Saillie. 1° Deux moines (un est effacé) creusent dans la pierre et trouvent l'eau promise par saint Benoît, qui s'écoule le long de la montagne (v. pag. 44). 2° Le prêtre du mont Préclaro, qui porte son dîner le jour de Pâques à saint Benoît qui est en méditation dans sa grotte avec un livre devant lui ; saint Romain encore lui descend son repas du haut de la montagne (pag. 38 et 39). 3° Entre la saillie et l'arceau : saint Benoît, dans sa grotte, troublé par un oiseau importun qui voltige sous son menton, par un artifice du démon qui pousse cet oiseau sous un souffle enflammé ; au-dessous du mur, saint Benoît est dans les épines (pag. 40). 4° Un ange adore le Très Saint-Sacrement.

Toutes ces fresques sont de l'âge des précédentes, si elles ne sont peut-être pas encore moins anciennes.

A GAUCHE EN REGARDANT L'AUTEL.—Une madone assise sur un trône avec le saint Enfant sur les genoux, d'un côté saint Paul, premier ermite, tout nu, couvert seulement d'une petite branche de feuillage qui lui entoure le corps, et de l'autre saint Antoine, abbé. Au-dessus saint Christophe et un rédempteur.

CHAPELLE DE SAINT-ROMAIN. — A droite, saint Jean-Baptiste et le Seigneur avec deux anges. A gauche, Lazare avec les pieds dans le sépulcre, Marthe et le château de Béthanie. Derrière le tableau est un crucifix avec la Madone aux pieds, saint Jean l'évangéliste et Madeleine ; sur la voûte, quatre saints avec des inscriptions à la main, où on lit des mots qui regardent le mystère de la croix. (Toutes de la moitié du XIVe siècle).

De là on passe à une chapelle intérieure où l'on remarque sur une table le tableau dit des *lacs* que fit peindre l'évêque de Majorque, en 1427 ou l'année d'après, comme on le voit par les chroniques et deux anciens parchemins : Ramier le croit fait par Conciolo [1], et il est évident qu'il se trompe, il donne ainsi à entendre qu'il estimait cette œuvre assez pauvre pour le temps de la plus grande efflorescence de l'école de Giotto. Le sujet est une gloire d'anges qui célèbrent avec des instruments de musique et par des chants les triomphes de saint Benoît qui renonce au monde, revêt l'habit monastique et vit dans la solitude de cette grotte ; trois scènes ici sont représentées ; les démons essaient de toutes leurs forces de l'en empêcher (pag. 37, 38). On y voit l'Anio et les barrières qui ont formé

___

(1) Conciolo peut être le même que Conxolus dont on parle pages 13 et 24.

le lac, détruit un siècle avant l'œuvre du peintre. Saint Benoît placé dans les épines se trouve ajouté là un peu mal à propos, pour nuire à la vérité du paysage.

Dans l'enfoncement à droite de l'autel majeur, au-dessus des sièges, il y a un crucifix avec la Vierge, S. Jean évangéliste et plusieurs autres saints, bien endommagés, mais très beaux.

CHAPELLE DU COTÉ DE LA SACRISTIE. — Chapelle de Sainte-Scolastique. Mort de la sainte d'un côté, et de l'autre les obsèques du martyr S. Placide.

VOUTE. — Les quatre évangélistes ailés, et, dans le milieu, une grosse figure qui représente le soleil. Sur le front de l'arceau, à droite, le prophète David qui tient à la main une longue inscription avec des paroles des psaumes, au-dessous de lui S. Grégoire le Grand.

MUR VIS-A-VIS DE LA CHAPELLE. — Le martyre de S. Placide et de ses compagnons, œuvre merveilleuse et pleine du sentiment qui se remarque dans les saints martyrs ; elle montre toute la férocité qui a dû remplir l'âme des bourreaux ; celui qui brandit le cimeterre et celui qui arrache la langue d'un martyr avec une tenaille sont bien naturels dans leurs efforts et leurs mouvements : il y a la souplesse des draperies, la fraîcheur des chairs et la vie partout, et dans certains détails on voit le goût et le génie du peintre ; comme la chausse du bourreau qui tombe en se déta-chant et laisse voir le genou à nu ; le geste de la main avec le pouce replié en arrière d'un personnage qui parle avec un autre placé dans le tumulte. Nous croyons que cette très belle peinture serait un peu plus récente que les autres que l'on attribue à Stamatique ; et, pour cette raison, elle ne doit pas aller au delà de l'année

1470, elle porte du reste quelques incriptions de cette date.

VOUTE QUE SUPPORTE LE MUR.— Les saints Dominique, Augustin, François et Bernard, découverts depuis peu de temps, car une main barbare les avait transformés en quatre prophètes mal représentés ; mais à présent qu'un religieux s'occupe avec amour et avec soin à rendre leur éclat à toutes les anciennes fresques, celles-ci ont repris la vie, et les autres apparaissent dans leur beauté première.

ARCEAU DU COTÉ DE L'AUTEL MAJEUR.—1° Saint Benoît, d'une tour, voit l'âme de saint Germain, évêque de Capoue, dans un globe de feu, portée dans le ciel par les anges. — 2° Le Sauveur avec le monde dans sa main. — 3° Souper de saint Benoît avec sainte Scolastique. On ne pouvait mieux et avec plus de piété représenter cette scène si attendrissante. Remarquez la pose de ce moine entre la surprise et la peur, il regarde le ciel couvert tout-à-coup de nuages, et porte la main à ses yeux pour les défendre de la lueur des éclairs (pag. 51, 52). — 4° Saint Onufre, à genoux ; il a devant lui une palme chargée de fruits, et un ange lui présente du pain et du vin ; il tient à la main un rosaire.

UN AUTRE ARCEAU DU COTÉ DE LA SACRISTIE. — Deux anges, sainte Catherine et sainte Agnès qui porte sur la tête et à l'entour de la physionomie un voile très fin. A l'un des piliers, au-dessous de sainte Catherine, est Jean-Baptiste. Dans le milieu de l'arceau une main blessée.

CHAPELLE EN FACE DE LA PORTE DE LA SACRISTIE.—Martyre de saint Paul. La petite Madone peinte sur verre dans la petite fenêtre de cette chapelle passe pour avoir été faite avant la disparition de ce genre de peinture. La voûte est très endommagée ; elle fut repeinte auparavant ; saint André, qui avait moins souffert, a plus conservé de son auteur ; il porte la croix semblable à celle du Seigneur, et il y a suspendu un poisson ; sur la porte qui communique à l'allée passant d'un côté et de l'autre de la fenêtre ronde, sont les saints martyrs Etienne et Laurent. Près de la porte de la sacristie, saint Pierre et saint Jean à la porte du temple guérissent l'estropié.

EGLISE INFÉRIEURE. — *Chapelle de Saint-Grégoire.* — Sur le mur à gauche, à côté de la fenêtre, on a sous les yeux la consécration de cette chapelle, faite par Grégoire IX, et la peinture est de 1228, c'est-à-dire de l'année même de l'événement, et il n'est pas à douter que le dit pontife ne soit représenté comme les autres personnages qu'on y voit. Cette chapelle fut dédiée aux saints anges, et aussi voit-on sur la fenêtre un ange qui bénit un moine à genoux, avec cette inscription : Fr. Oddo M⁰., « Fr. Oddon, moine. » — Puis, au-dessous on lit les paroles suivantes : « *Hic est Papa Gregorius, olim Episcopus Hostiensis, qui hanc consecravit Ecclesiam.* » (C'est le Pape Grégoire, autrefois Évêque d'Ostie, qui consacra cette Eglise); et plus bas :

Pontificis summi fuit anno picta secundo
Hæc Domus. Hic primo, quo summo fuit honore,
Manserat, et vitam celestem duxerat idem.
Perque duos menses sanctos maceraverat artus,
Julius est unus, Augustus fervidus alter.

Cette chapelle a été peinte la seconde année du souverain Pontife. Il y avait demeuré la première année où il fut élevé à l'honneur souverain, et il y avait mené une vie céleste. Il s'y livra pendant deux mois, celui de juillet et le brûlant mois d'août, aux saintes rigueurs de la pénitence.

Suit quelqu'autre vers dont on ne peut lire que quelques mots. Saint Michel est représenté de l'autre côté de la fenêtre, et la décoration de la voûte figure quatre chérubins et quatre animaux qui représentent les évangélistes. Le Christ est beaucoup plus récent et très beau. *Derrière le tableau dans une petite niche.* Au milieu le Sauveur qui bénit de la main droite avec ce chiffre $\frac{\text{IC}}{\text{XC}}$ (1), $\frac{\text{Ἰησοῦς}}{\text{Χριστός}}$, $\frac{\text{Jésus}}{\text{Christ}}$. A droite saint Paul, et saint Pierre à gauche. Au-dessous un moine avec ces mots : « *Fr. Romanus, Dies mei transierunt. P. M. D. (Parce Mihi Domine.)* » (Fr. Romain, mes jours ont passé. Epargnez-moi, Seigneur.)

La plus importante figure est celle de saint François, dont on a reproduit les véritables traits, autant que l'art de ce temps le pouvait permettre, car, indépendamment du genre, on le déduit aussi de l'absence de l'auréole et de l'inscription : « *Fr. Franciscus* », « Fr. François », signe certain qu'il n'était pas encore canonisé. A présent, entre sa mort arrivée le quatre octobre 1226 et la canonisation faite le dix-sept juillet 1228, il ne s'écoula qu'un an et neuf mois, et dans l'intervalle, ou de son vivant, il fut ici représenté indubitablement.

Loge qui va a la dite chapelle. — Près de l'entrée de la chapelle, à droite, est saint Grégoire le Grand et Job tout couvert d'ulcères, à ses pieds ; c'est de la même main que les susdites peintures de l'année 1228, et l'on peut reconnaître l'expression le mieux réussie de la véritable ressemblance du saint ; parce que son portrait

---

(1) Les lettres au-dessus du trait sont l'initiale et la finale de Ἰησοῦς, et celle qui sont au-dessous, l'initiale et la finale de Χριστός.

se trouvait en ce temps avec ceux des autres pontifes dans la basilique d'Ostie, à Rome, et le peintre qui devait venir de Rome, ou du moins, qui avait dû y passer, n'avait pas manqué certainement de voir cette fameuse collection.

DERRIÈRE LE PILIER. — Le jugement universel et saint Jérôme qui médite sur ce grand jour ; il y a la date de l'année 1466. Jésus-Christ juge tient dans la bouche de la main droite un lis qui signifie la sentence favorable pour les élus, et de la gauche une épée *ite maledicti* (allez maudits). La voûte présente une curieuse décoration.

MUR INTERIEUR DE LA LOGE. — 1° Sainte Luce. 2° Sainte Chélidoine dans la grotte. 3° Saint Benoît dans la grotte, qui reçoit sa nourriture de saint Romain et du prêtre du mont Preclaro (pag. 38 et 39). 4° Dans l'arceau qui ouvre sur l'église sont deux saintes Vierges. 5° Dans les deux arceaux en avant de l'autel dit *sancta sancto-rum*, sont représentés des anges.

ARCEAUX AU-DESSUS DU TREILLIS. — Sainte Catherine, sainte Apollonie, sainte Victoire et une autre sainte.

VOUTE DE L'ÉGLISE INFÉRIEURE. — 1° L'Agneau divin avec l'étendard de la croix et autour de lui les quatre évangélistes avec la tête symbolique d'un animal sur un corps humain. 2° Saint Benoît avec la sainte règle dans la main, et autour de lui, en cercle, saint Romain, saint Grégoire le Grand, saint Maur, saint Laurent martyr, saint Honorat, saint Silvestre pape, saint Placide, et saint Pierre diacre avec la mitre en tête. 3° Un Sauveur et, tout autour, saint Pierre, saint André, saint Paul et saint Jean, apôtres, et, entre l'un et l'autre apôtre, un ange. Ces fresques de la voûte, qui sont

bien conservées, semblent appartenir à la moitié du
XIIIᵉ siècle.

Mur a droite en descendant le petit escalier qui
mène a cette seconde église. — Le pape Innocent III,
qui accorde un diplôme à saint Benoît qui le reçoit assis
et la tête entourée de l'auréole. Nous avons noté ce
fait pour détruire l'opinion de ceux qui croient que ce
peut être le prieur Jean de Tagliacozzo qui reçoit le
diplôme. Bien qu'il lui fût adressé, le peintre a voulu
montrer que la dévotion du Pontife dans cet acte lui
mettait sous les yeux saint Benoît lui-même. A gauche
du petit escalier, dans une niche, est la Sainte Vierge
avec l'enfant Jésus et deux anges adorateurs ; et au-
dessus de l'un d'eux il est écrit : *Magister Conxolus
pinxil hoc opus,* (maître Conxolus a fait cette peinture) ; c'est celui, si nous ne nous trompons pas, qui
a fait les peintures des murs de cette église, et elles
furent exécutées sur la fin du XIIIᵉ siècle.

Mur vis-a-vis de la loge. — Saint Benoît, par un miracle, réunit les morceaux du vase brisé et le remet
à sa nourrice. On y voit la chapelle d'*Afile* (pag. 36)
2° Saint Benoît reçoit l'habit monastique de saint Romain, près de la chapelle de la *santa Crocella* qui y est
représentée (pag. 37). 3° Saint Benoît dans la grotte.
4° Un Christ plus récent. 5° Saint Etienne Proto-
martyr, et saint Nicolas de Bari, qui placent au
milieu saint Thomas, Archevêque de Cantorbéry,
martyrisé en 1170. 6° Mort de saint Benoît très belle
et pieuse ; le saint corps est déposé sur un brancard,
et l'âme, sous la forme d'un enfant, est portée entre les
mains d'un ange, au ciel, dont le sentier est tout
éclairé par des lampes et orné de riches draperies, à

l'extrémité est Jésus-Christ avec les bras ouverts (pag. 53). 7° Le miracle du fer tombé dans le lac, qui surnage et se remet de lui-même dans le manche (pag. 45). 8° Saint Maur marche sur les eaux pour sauver saint Placide (pag. 45, 46). 9° Sainte Marguerite de Cortone.

MUR OÙ EST LA FENÊTRE. — La servante de Florent porte le pain empoisonné à saint Benoît ; de l'autre côté de la fenêtre, saint Benoît, à table avec saint Maur et saint Placide, jette le pain empoisonné au corbeau (page 47). En haut, d'un côté et de l'autre, dans deux cercles, saint Benoît et sainte Scolastique avec la palme. Au-dessus de la fenêtre : deux anges qui portent un médaillon dans lequel est représenté le Sauveur. Dans la fenêtre est peint sur le verre saint Benoît qui impose silence avec le doigt de la main gauche, et tient les verges de la correction de la main droite ; au-dessus de lui, le prophète David avec cette inscription : « *Posui ori meo custodiam* » (J'ai posé une garde à ma bouche). Œuvre moderne d'un merveilleux effet.

AU-DESSUS DE LA GROTTE. — 1° un Sauveur ; 2° saint Benoît dans la grotte.

ESCALIER SAINT. — *Au front de l'arceau*, l'agneau de Dieu entre les deux Jean, Baptiste et évangéliste.

Au-dessous. — Sainte Marguerite, vierge et martyre, avec un dragon sous les pieds, et sainte Catherine, vierge et martyre.

Voûte de l'escalier. — Saint Augustin, saint Dominique, saint Bernard et saint François d'Assise.

SUR LES MURS DE L'ESCALIER. — A droite la Mort à cheval court avec l'épée pour frapper quelques jeunes gens, en laissant derrière elle beaucoup de vieillards qui la prient de les enlever du monde ; sur la terre, il y en a beaucoup d'épars, de tout sexe, âge et condition qu'elle a déjà renversés. On remarque des vers à moitié effacés, où l'on fait parler les personnes. Nous présentons ce que nous avons pu en découvrir. Les jeunes gens se disent l'un à l'autre :

.   .   .   .

> Changiato se' nel viso tanto scolorito
> Vorria sapere chi ta cosi ferito
> Cho [1] gran dolore a forti sospiri
> Sentia la morte che mi feri al core
> De subito......... e [2] .... alore [3].

La mort parle ainsi :

> I so colei c'ocido one persona
> Giovene e vecchie ne verū ne lasso
> De grande altura subito....

Les vieux ensuite :

> Tu lase noi che sempre te chiamemo
> Desiderado che ne de la morte
> .... ero [4] avoi spesse volte. [a]

(a) Essai de traduction de ces vers italiens :

> Tu es changé dans ton visage si décoloré
> Je voudrais savoir qui t'a ainsi frappé
> Avec grande douleur et pénibles soupirs
> Je sentais la mort qui m'a frappé au cœur
> Tout à coup.. ....

---

(1) *Cho* est-il pour *con*, avec ?

(2) *e*, est-ce la conjonction, en français *et*, ou une lettre d'un mot effacé ?

(3) *alore* comme *odore*, odeur ; au figuré : indice, connaissance.

(4) *Ero*, sans doute futur d'*essere*, être ; ou la terminaison d'un verbe au futur,

Je suis celle qui donne la mort à tous les hommes,
Jeunes et vieux, je ne laisse personne
Ni les grands tout à coup………

Tu nous laisses, nous qui t'appelons toujours
En désirant que de la mort……
…………… je serai à vous bien souvent.

A gauche, on voit trois sépulcres ouverts, qui laissent apparaître trois cadavres en trois états différents : l'un à peine mort, l'autre en corruption, le troisième déjà en squelette. Un ermite les montre à trois seigneurs qui mènent joyeuse vie.

Ces deux représentations de la mort sont du genre de celles qui furent exécutées par Orgagna dans le cimetière de Pise, comme elles sont décrites par Vasari ; à présent, Orgagna meurt en 1368, ce qui nous confirme toujours plus dans notre opinion que ces peintures, et les autres de l'escalier et de la chapelle de la Madone sont de la moitié du xive siècle.

Front de l'arceau suivant. — Baptême de Jésus-Christ.

Arceau. — Saint Jean-Baptiste et saint Onufre.

Front opposé de cet arceau. — La fuite en Egypte.

Chapelle de la Madone. — *Arceau :* Les prophètes David et Isaïe, deux saints martyrs, et les saints diacres Laurent sur le grille et Etienne avec les cailloux en relief aux diverses parties du corps.

Au-dessus de l'autel. — La très sainte Vierge Marie sur un siège a, sur les genoux, le saint Enfant en pied, et, dans la main droite, tient un lis ; à droite est saint Grégoire le Grand et, sous lui, saint Placide et saint Maur ; à gauche, saint Sylvestre, qui présente à la Madone une personne dans des proportions bien petites, vêtue de vert avec un grand bonnet sur la tête, qui peut être le peintre : sous saint Sylvestre est saint Benoît.

Le tableau de l'autel est une copie de l'image que vénérait à Rome saint Benoît dans la maison paternelle, qui se garde aujourd'hui dans l'église de Saint-Ambroise.

Derrière le tableau est représenté un crucifix, et, sous la croix, la Madone et saint Jean.

Fresque de l'arceau.— Sont d'un côté et de l'autre des moines et des religieuses qui prient.

Mur en face de l'autel. — Mort de la très sainte Vierge Marie qui est comme endormie dans son cercueil ; les apôtres célèbrent les funérailles ; celui qui tient le livre ouvert, a le manteau sur les épaules ; un autre a l'aspersoir, un autre élève l'encensoir et souffle sur les charbons. Il y a une foule de Juifs qui accourent par une porte.

Au-dessus, on voit la très sainte Vierge Marie au ciel, assise à la droite de son divin Fils, sur le trône même ; elle pose doucement la main gauche sur son épaule, tandis qu'il lui prend amoureusement la main droite. Les anges forment autour une joyeuse couronne, quelques-uns tirent des sons de divers instruments, et d'autres portent en triomphe, parmi les étoiles, leur roi et leur reine. L'idée est belle, dévote et affectueuse.

Mur de la fenêtre. — Nativité de J.-C, d'un côté, de l'autre, l'adoration des Mages. Au-dessus est un tableau, de peinture moderne, représentant le corps du bienheureux Laurent, qui a beaucoup de relief.

Voûte. — 1° Pâtronage de Marie T. S., qui recouvre sous son manteau des personnes de toute condition, 2° Annonciation. 3° Purification. 4° Couronnement.

A la sortie de la chapelle, on voit, sur l'arceau de front, le massacre des innocents, exécuté avec une expression pleine de tendresse dans les mouvements et les visages des mères et des petits enfants. Sur le pilier à gauche, il y a cette inscription : « *Stamatico Greco Pictor perf.* » (Le peintre grec Stamatique, a fait cette œuvre), nous le croyons l'auteur de ces fresques ; le millésime et le saint Grégoire le Grand, au-dessous, sont plus récents, et le portrait, l'œuvre du plus mauvais pinceau. Sur l'autre pilier, se trouve une sainte Marie-Madeleine pénitente, qui se ressent de la mollesse païenne dont se rapproche la peinture voisine du XVIᵉ siècle.

GROTTE DES PASTEURS OU DE L'APOSTOLAT. — On y remarque une très ancienne Madone, peinte sur l'enduit fait sur la pierre et couvert de salpêtre et autres substances que les eaux en coulant y ont déposées dans le cours des siècles. La tradition est qu'elle doit être du temps de saint Benoît qui l'a fait exécuter dans son oratoire.

ROSERAIE. — Derrière un autel, sous le rocher, est une Piété.

Là est l'ancienne façade de l'église ; le Rédempteur est au milieu et bénit le monde tenu dans la main par un ange ; il y a aussi saint Benoît et quelques décorations et tout nous paraît de la moitié du XIIᵉ siècle, comme il est indiqué. Il est probable que l'image de saint Benoît réunit ses véritables traits dont, en ces temps, la mémoire devait être encore vivante, gardée dans la tradition des moines.

SACRISTIE. — Le crucifix avec, à droite, Marie Très Sainte, en pied, qui montre le côté ouvert de son Jésus à saint Benoît à genoux, anéanti dans les sentiments de l'amour et de la compassion ; à gauche, l'évangéliste saint Jean, debout, et sainte Scolastique, agenouillée : cette fresque est, autant qu'on le puisse dire, belle et gracieuse, et nous la croyons de Stamatique. A l'opposé, se trouve une piété de beau dessin, qui semble du commencement du xve siècle. Le tableau de la Vierge avec le divin Enfant au bras et, à ses côtés, saint Jean l'évangéliste et le prophète Isaïe, près duquel est le petit enfant saint Jean-Baptiste, qui rendent témoignage au Verbe incarné dans le sein de la Vierge, est attribué à Pinturicchio.

Ici on remarque les tableaux à l'huile qui suivent ; nous les nommerons avec ceux que l'on croit leurs auteurs : 1° Le mariage de sainte Catherine, de Caravagge ou de Parmigianino. 2° La sainte Famille, de Carracci. 3° Les têtes des saints apôtres Pierre et Paul de Gian Bellini, maître du Titien. 4° Saint Sébastien, du chevalier Conca. 5° Saint Pierre et saint Jude, de Caravagge. 6° Une figure du Rédempteur, sur pierre, de Carlo Dolce. 7° Une tête de la Madone, du même. 8° Sainte Catherine, qui reçoit la palme de la main d'un ange ; on y lit le nom du peintre : Anzelo Lion, de Venise. 9° Tous les saints sous la croix, et d'autres de moindre importance.

Réfectoire. — *Façade principale.* Crucifix dont le côté laisse couler abondamment une source de sang recueilli dans un calice par un ange, et un autre de l'autre côté et deux au-dessus qui pleurent. Marie très Sainte et saint Jean se tiennent en bas, d'un côté et de l'autre. La cime du calvaire, où est plantée la croix, présente une petite grotte qui renferme à l'intérieur une tête baignée du sang qui coule de la croix. Au haut de la croix un pélican dans son nid se déchire les entrailles pour nourrir ses petits ; dans la même façade, et dans autant de niches gothiques, sainte Scolastique avec un livre à la main et un rosaire, saint Grégoire le Grand, saint Augustin sur un siège, saint Benoît, saint Jean-Baptiste et saint Ambroise ; au-dessus, en six petits tableaux gothiques, les prophètes David, Isaïe, Joël, Jérémie, Siméon et Job : dans de petits tableaux semblables mais plus bas, d'un côté un moine qui lit, et de l'autre le prophète Ezéchiel. Sur l'autre mur, saint Gérôme, assis, qui regarde attentivement avec beaucoup de naturel la pointe de sa plume pour écrire ce qu'il a médité ; à ses pieds, il y a un lion et le chapeau de cardinal.

Voûte. — L'Agneau de Dieu, les quatre évangé-listes ; saint Maur et saint Placide appuyé sur une épée, et saint Pierre qui tient élevée une clef dans un ciel étoilé comme pour l'ouvrir : expression toute neuve et pleine de vie de ce pouvoir qui se manifeste toujours simplement avec le symbole des deux clefs ; nous croyons qu'il ne s'en trouve pas un autre exemple.

Dans le cercle, au milieu du réfectoire, est un Sau-veur.

Sur le mur opposé à celui qui a été décrit, est la dernière scène : tous les Apôtres sont assis à table, et saint Jean pose la tête sur la poitrine du Sauveur ; saint Philippe tient la main droite posée sur l'épaule de saint Thomas et, avec l'autre main ouverte, montre une surprenante et curieuse attention : Judas est assis par terre. Sur la table il n'y a pas d'autre nourriture et breuvage que du pain, du vin et du poisson, pour signifier l'institution du T. S. Sacrement, ce qui veut dire que le pain et le vin se changent en un poisson qui est le Christ, puisque le mot grec ἰχϑῦς (poisson) est formé des initiales de *Jesus Christus Dei filius*, *Salvator*, (Jésus-Christ fils de Dieu, Sauveur)(1); symbole usité chez les premiers chrétiens et que les peintres ont toujours conservé dans le tableau de la Cène jusqu'au XVIᵉ siècle, alors que l'on voulait plutôt s'en tenir à la lettre de l'histoire en y représentant l'agneau, que de s'en tenir à ce symbole, qui mettait sous les yeux le plus sublime acte de cette Cène. Ce qui nous suggère une considération qui ne sera pas inopportune, après avoir donné ce rapide aperçu sur les peintures de la Sainte-Caverne.

L'art de la peinture disparaît à la chute du vieil empire romain; elle était païenne et fut ensevelie avec le paganisme : elle reparut donc avec les lettres et les arts au XIIIᵉ siècle, mais chrétienne; et nourrie de la foi, elle ne trouva de goût et de charme que dans la religion, résolue d'exprimer les idées spirituelles et surnaturelles, les vertus et les sentiments religieux et voulant comme un apôtre, enseigner, toucher et corriger. D'où l'on voit dès le principe ces gigantesques figures immobiles sur ces fonds dorés, puis ces têtes inclinées, ces yeux entr'ouverts et levés vers le ciel, gloires des anges, cieux étoilés, trônes où sont assises les figures avec ces auréoles dorées en relief et ces fonds resplendissants et comme brodés. Plutôt que de copier la nature, elle cherche à l'élever, en lui donnant la vie et une expression céleste. Ensuite elle s'ennoblit dans les formes, se déploie dans les mouvements vifs

(1) En grec : Ἰησοῦς χριστὸς θεοῦ Υἱός Σωτήρ. Les initiales de ces cinq mots grecs sont les lettres du mot grec Ἰχθῦς.

et naturels, et elle touchait presque à la perfection, quand les artistes, dont la foi s'était attiédie, la ramenèrent entièrement à reproduire la nature ; aussi, au lieu de l'élever et de la diviniser, ils s'efforcent de donner aux choses du ciel des formes et des expressions de la terre. Dès lors, la belle plébéienne ou la gracieuse paysanne, assise au milieu d'une riante campagne ou sur le bord d'un ruisseau, qui presse sur son sein et embrasse ou caresse son petit enfant éveillé, devait tenir la place de la Vierge Mère qui « plus qu'une créature » (*Dante*), dans sa dignité, en une certaine manière, infinie, touche la sphère de la Divinité (*saint Thomas*), et ne peut donc avoir de ressemblance dans la nature. Dès lors, le Dieu Crucifié représenté par un homme sur le poteau, oppressé par la douleur, et les saintes vierges, par des femmes qui personnifient la mollesse et la vanité ; dès lors, l'étude des muscles et la recherche des raccourcis et des mouvements difficiles font oublier l'élément divin qui anime les visages, soutient les poses et règle les plus petites particularités. Dans ce sanctuaire et dans le silence de la solitude, les artistes ont un grand sujet de méditation et d'étude. Dieu veuille que la peinture italienne, en contemplant ici les chastes formes, la noblesse et l'ardeur de son adolescence, rougisse d'elle-même et renonce à ses vanités, et qu'elle apprenne que ce n'est que dans les lumières de la foi, l'inspiration des livres saints et l'ardent amour des choses éternelles, qu'elle retrouvera ses véritables beautés et se couronnera d'honneur et de gloire.

Nota. — Indulgences qui, avec les conditions accoutumées, peuvent se gagner dans cette église de la Sainte-Caverne :

1º Indulgence plénière une fois le mois (Pie VII, 25 juillet 1817).

2º Indulgence plénière dans les jours de saint Maur (15 janvier), de sainte Scolastique (10 février), de saint Benoît (21 mars), de saint Placide (5 octobre), de tous les saints moines (15 novembre) (Clément X, 19 décembre 1671), et de sainte Gertrude (17 novembre), (Benoît XIII, 1727). Elles sont communes à toutes les églises de l'ordre des Bénédictins.

Le jour du patronage de saint Benoît (second dimanche de juillet), (Pie IX, 18 avril 1860), pour les deux congrégations du mont Cassin.

3º Indulgence plénière à ceux qui montent le saint escalier, du dimanche de la Septuagésime jusqu'aux Cendres exclusivement, et du dimanche de la Passion à celui de Pâques, et une fois dans le mois de mai, et dans l'octave de tous les Saints (Grégoire XVI, 28 septembre 1831).

4º *Indulgences partielles.* — 1ʳᵉ Sept ans et sept quarantaines pour chaque fois que l'on monte le saint escalier (Grégoire XVI, 28 septembre 1831) ; 2º quarante jours toutes les fois que l'on récite à genoux un *Pater, Ave, Gloria,* en baisant le pied de la statue de saint Benoît, qui est dans la Sainte-Grotte (Grégoire XVI, 18 juin 1834).

Privilèges. — Autels privilégiés à perpétuité ; celui de la Sainte-Grotte et celui de Saint-Grégoire le Grand (Benoît XIV, 21 novembre 1741). Le privilège pour tout prêtre de pouvoir célébrer la messe votive de saint Benoît dans les deux grottes, tous les jours, excepté seulement les fêtes du rit doublé de première ou seconde classe (Pie VII, 21 juillet 1817 ; Pie IX, 2 juin 1864).

III.

Saint Benoît,

Patriarche des moines d'Occident.

> *Unum vocavi eum, et benedixi ei, et multiplicavi eum.*
>
> Je l'ai appelé, et je l'ai béni, et j'ai multiplié sa race.   (Is. LI, 2.)

L'histoire de la vie du saint patriarche Benoît, exposé avec tant de charme et de piété sur tous les murs du sanctuaire de la Sainte-Caverne, doit inspirer au pèlerin un grand désir d'en savoir quelque chose, aussi nous empressons-nous d'en raconter les principaux faits, en donnant un libre cours à notre dévotion envers le saint Père dans l'espérance de la communiquer aux autres, et la certitude qu'il en résultera un bien grand avantage pour les âmes et beaucoup de gloire à Dieu. Nous commençons à l'instant.

I. — *Naissance.* — *Fuite de Rome.* — *Premier miracle. Retraite.* — *Persécution du démon.*

A Norcie, dans une ville de l'Ombrie, l'an 480, naquit, d'une noble race, un enfant qui reçut au saint baptême le nom de Benoît avec autant d'à propos que l'a prouvé dans la suite l'abondance des grâces célestes dont il fut comblé ; au point que, dans l'âge le plus tendre, il avait déjà le caractère du vieillard et ne se livra jamais aux jeux et aux plaisirs de l'enfance, il commençait alors à les fouler aux pieds et à les mépriser, comme si elles eussent été flétries, ces premières fleurs que le monde lui offrait. Quand il eut grandi, il fut conduit à Rome, pour y apprendre les lettres humaines, mais en pensant à tous ceux qui, par cette voie, courent sur la pente des vices, et craignant avec la science humaine de découvrir ce qui pourrait plus tard le faire tomber dans le précipice, il retira le pied qu'il venait de poser à l'entrée du monde, aussi ne se mettant pas en peine de l'étude des lettres, il s'appliqua à chercher la manière de vivre saintement, et résolut à la fin de se retirer dans la solitude ; ayant donc abandonné la demeure et l'héritage paternels, dans l'unique but de plaire à Dieu, il s'enfuit accompagné seulement de sa nourrice qui l'aimait par-dessus tout, et, parvenus à un lieu nommé *Afile* (1), ils furent entretenus par la charité d'honnêtes personnes et logés dans une maison de l'église dédiée à saint Pierre.

Dans ces entrefaites la nourrice voulut nettoyer du grain et emprunta à cette intention, à quelque voisine, un crible en terre, qui, laissé imprudemment sur une table, on ne sait comment, tomba et se partagea en deux. De retour, à la vue de l'accident, elle se livra à de grandes lamentations, mais le saint et miséricordieux enfant, touché de compassion, prit les deux portions du crible, se mit à prier avec beaucoup de larmes, et, relevé de sa prière, trouva le crible dans

---

(1) *Afile, Jenne* (page 40), noms propres de lieux, que l'on prononce à la manière italienne comme avec un accent aigu sur l'*e*.

une si parfaite intégrité que l'on ne pouvait y voir aucun signe de fracture, il le remit à sa nourrice en la consolant avec douceur. La nouvelle du prodige s'étant répandue partout, les habitants du pays, pleins d'admiration, suspendirent le crible même à la porte de l'église, afin que tous, dans le présent et l'avenir, eussent connaissance de la perfection élevée du jeune enfant Benoît, qui commençait l'œuvre de sa sanctification. Ils gardèrent toujours et se transmirent d'une génération à l'autre la vénération de leurs aïeux pour saint Benoît, et la preuve en est encore aujourd'hui, dans la petite église de Saint-Pierre, conservée religieusement par ce bon peuple, et depuis peu, restaurée par le soin et la dévotion de Mgr Manetti, évêque de Tripoli, administrateur zélé de cette Abbaye.

Benoît donc, qui désirait plus les disgrâces du monde que les louanges, et avait plus d'estime de travailler pour Dieu que de grandir par les faveurs, se dérobant à la tendresse et à la vigilance de sa nourrice, s'enfuit et s'achemina vers un lieu écarté et désert, tel qu'était Subiaco en ce temps (vers l'an 494). Il rencontra, selon qu'il plût à Dieu, un moine du nom de Romain, qui lui demanda ce qu'il cherchait dans ce désert, et qui, ayant connu son désir, en garda le secret, l'aida à l'effectuer et lui donna l'habit monacal. A l'endroit où ce fait s'accomplit, on édifia la petite église dite la *Santa Crocella* (la sainte petite Croix), où il reste de belles peintures entre plusieurs autres d'un mauvais pinceau. La pierre qui s'élève au milieu, sur laquelle est plantée une petite colonne bien conformée, ayant au sommet une statuette du saint, représente ce rocher sur lequel l'enfant a dû se dépouiller de ses belles robes pour

prendre le rude lainage monastique, et les moines de
Sainte-Scolastique y conduisent processionnellement
leurs novices, et leur donnent, au milieu des hymnes
et des rites les plus émouvants, le saint habit, en
déposant sur la pierre les vêtements qu'on leur ôte.

Le saint petit jeune homme (il touchait à peine à
quatorze ans) se cacha donc dans la caverne que nous
avons déjà vue et que, peut-être, Romain lui désigna,
comme ayant l'expérience de ces lieux dont il n'était
pas bien éloigné ; il demeurait sur le mont où se trouve
à présent l'oratoire de Saint-Blaise, de là aucun chemin
ne conduisait à la caverne. Du rocher très élevé qui la
domine, il lui faisait descendre une part de son pain
et un vase d'eau, dans un panier attaché à une longue
corde à laquelle il avait ajouté une sonnette qui annon-
çait la provision que Dieu lui envoyait par son entremise. L'ennemi, qui en fut témoin, porta envie au
bienfaiteur et à celui qui était l'objet de son attention.
Un jour, ne pouvant agir autrement, il prit une pierre,
la jeta contre la sonnette et la brisa. Pour cela,
Romain ne laissa pas de lui rendre, par d'autres moyens,
ce service de charité. La sonnette, cassée de la sorte,
fut conservée dans le reliquaire de la Sainte-Grotte
comme aussi la croix du saint,toute de métal, avec le
crucifix, et les images en relief du Père éternel, de la
bienheureuse Vierge, de saint Jean l'évangéliste et de
saint Antoine, abbé, aux quatre extrémités de la
grotte.

Pendant trois ans Benoît s'y tint caché, et nul, excepté
Romain, ne le savait dans cette bienheureuse retraite,
où il conçut l'idée de la grande institution de l'ordre
des Bénédictins, qui, au commencement, comme une

goutte très pure de rosée céleste, qui brille dans l'obscurité, se préparait à devenir la resplendissante pierre précieuse qui, posée sur le diadème de la sainte Eglise, devait attirer ensuite l'admiration du monde entier.

II. — *La fête de Pâques.* — *Les bergers.* — *La tentation.* — *La trahison.*

Dieu ne voulut pas qu'une vertu si éclatante restât plus longtemps ignorée, il la plaça sur le chandelier pour qu'elle pût éclairer toute l'Eglise, et voici comment elle commença à se manifester. Un prêtre, qui n'était pas bien loin de là, s'était préparé le jour de Pâques un bon dîner, et le Seigneur, ce même jour, lui apparut et lui dit : « Tu as disposé pour toi un bon repas, et mon serviteur est là, que la faim tourmente. » A ces mots, le bon prêtre se lève sur-le-champ, et, avec tous les mets apprêtés, il se met en route, et après avoir cherché longtemps l'homme de Dieu, par les sommets des monts, dans le fond des vallées et les creux des cavernes, il le découvrit enfin caché dans sa grotte. L'on ne peut dire, en cette occasion, quelle fut leur joie ; leur prière faite et bénissant Dieu, ils demeurèrent l'un avec l'autre, puis, après de doux entretiens spirituels, le prêtre dit : « Allons, mangeons, parce que c'est aujourd'hui la fête de Pâques. » — « Oui, certes, répondit Benoît, aujourd'hui, pour moi, c'est la fête de Pâques, puisque j'ai le bonheur de vous voir. » (Il ne savait pas que ce jour était la solennité de Pâques, parce qu'il se tenait loin de tout commerce avec les hommes.) Et le prêtre lui en donna de nouveau l'assurance en disant : « Vraiment, aujourd'hui c'est le jour de la résurrection de Notre Seigneur, et il n'est pas convenable que tu jeûnes, puisqu'il m'a envoyé vers toi, afin que nous mangions ensemble de ce don qu'il nous a fait ; » et, après avoir ainsi rendu grâce à Dieu, ils prirent de la nourriture. Ils finirent le repas et leur sainte conversation, et le prêtre retourna à son église qui était placée, comme on le croit, au mont Préclaro, au-dessus le château de *Jenne* (1).

Vers ce temps-là, quelques bergers le trouvèrent dans la caverne et, au premier abord, le voyant vêtu de peaux, au milieu des buissons, le prirent pour une bête sauvage, mais, l'ayant reconnu pour un serviteur de Dieu, ils s'approchèrent de lui avec respect, et beaucoup d'entre eux durent à ses soins le changement de leurs mœurs féroces et la grâce d'une vie chrétienne. Ainsi, on le connut dans tout le pays, et de nombreux visiteurs venaient à lui et, en lui fournissant les aliments du corps, en rapportaient la nourriture supérieure de l'éternelle vie.

Une fois qu'il était seul, le tentateur se présente, un merle voltige autour de son visage, il s'y arrête avec une telle importunité qu'il pouvait, s'il l'eût voulu, le prendre avec la main ; il fit le signe de la croix, et l'oiseau s'en alla ; mais il en eut une tentation plus violente que toutes celles qu'il avait jamais éprouvées ; le malin esprit lui mit sous les yeux l'image d'une femme qu'il avait vue autrefois, et alluma dans son âme un feu qu'il ne pouvait réprimer ; presque vaincu, il allait se résoudre à sortir de la solitude, mais bientôt secouru

---

(1) Voir la note de la page 36.

de la grâce divine, il rentre en lui-même, et voyant près
de lui un buisson tout garni de bardanes et d'orties,
s'étant mis à nu, s'y jette et s'y roule longtemps en tous
sens, et en sort victorieux et couvert du sang de
glorieuses blessures.

Dieu éprouva l'amour de son serviteur, avant de le
faire le pasteur et le maître de ce grand peuple qu'il
lui préparait, et, l'ayant trouvé fidèle, lui donna tant
de grâces qu'il ne sentit plus dans la suite aucun
mouvement de cette sorte de tentation. Cet accident
de la vie de saint Benoît toucha la piété de saint
François d'Assise qui versa des larmes ; il vint en ce
lieu vénérer le saint patriarche des moines d'Occident,
et changea le buisson en un petit jardin de roses très
odorantes, religieusement gardé, que l'on visite comme
un monument qui dure de la sainteté des deux patri-
arches. Les dévots ne quittent pas la Sainte-Caverne
sans prendre avec eux des feuilles du vénérable roseraie,
dont beaucoup portent l'empreinte d'un petit serpent
qui rappelle ce combat soutenu contre l'antique serpent,
et sa défaite.

Benoît répandait une telle odeur de sainteté, que son
nom devint très célèbre, et les moines d'un monastère,
dont le père était mort, vinrent, d'un commun accord,
le prier avec instance de vouloir être leur supérieur.
Il s'en défendit le plus qu'il put, et leur disait ouverte-
ment que sa manière et les leurs ne se ressemblaient
pas, mais, à la fin, il se rendit à leurs prières. Comme
il veillait, dans ce monastère, à la garde de la vie régu-
lière et ne laissait personne s'égarer de côté et d'autre,
comme par le passé, bientôt ils se repentirent de leur
choix. Ils n'avaient plus la liberté du mal, et, d'ailleurs,

il leur semblait trop pénible de changer leurs habitudes ; après avoir tenu conseil, ils prirent le parti de l'empoisonner. Un jour donc, pendant que le saint était à table, ces malheureux prirent un verre qu'ils remplirent d'un vin mêlé à du poison, et lui présentèrent pour qu'il le bénit, selon l'usage, et qu'il en bût. En effet, il étendit la main en faisant le signe de la croix, le verre se rompit, comme frappé d'un coup de pierre, et l'homme de Dieu connut bien vite que c'était un breuvage de mort, puisqu'il n'avait pu résister au signe de la vie. Il se leva à l'instant. l'air paisible et dans le calme de l'esprit, il les réunit tous et leur dit : « Dieu vous le pardonne, mes frères, pourquoi avez-vous fait ainsi ? N'ai-je pas commencé par vous dire que ma façon d'agir et les vôtres ne se convenaient pas. Cherchez un autre père qui vous ressemble, pour moi, à partir de ce jour, je ne le serai plus ». Et il revint aussitôt à sa bien-aimée solitude, qu'il n'avait quittée que dans l'entraînement de la charité fraternelle, se tenant ainsi recueilli au-dedans de lui-même, sous le regard de son Dieu, qu'il avait toujours présent dans le cœur et la pensée.

III. — *La première congrégation. — La correction. La source miraculeuse. — Maur et Placide. — La persécution. — La fuite.*

La réputation des vertus et des miracles de saint Benoît s'était beaucoup accrue, et réunit autour de lui un grand nombre d'hommes venus là pour servir Dieu sous la conduite d'un si grand maître. Il construisit en ces lieux, avec l'aide du ciel, douze monastères où il plaça douze moines avec leur abbé et en retint quelques-uns avec lui, qu'il crut devoir diriger lui-même. Il vint aussi de Rome de nobles et pieux personnages avec leurs enfants qu'ils confièrent à saint Benoît pour les former au service de Dieu. L'un deux, Equice, lui remit Maur, et un autre, le patrice Tertulle, lui donna Placide, enfants des meilleures espérances. Maur, qui était plus âgé, put bien vite se rendre utile à son maître, et Placide, enfant encore tendre, se livrait aux exercices de son âge.

Dans l'un des monastères, il y avait un moine qui ne pouvait se tenir en oraison, et, dès que les moines se mettaient à genoux pour méditer, il sortait dehors et, avec l'esprit distrait, ne pensait qu'aux choses terrestres et passagères. Plusieurs fois son abbé, Pompéano, l'avertit, mais ce fut toujours en vain, il l'emmena au saint Père qui, lui ayant fait de grands reproches, le renvoya au monastère. Mais l'avertissement ne lui servit que deux jours et au troisième il recommença ses écarts. On en prévint le serviteur de Dieu, qui dit à l'abbé : « J'irai moi-même, et le corrigerai ». Il vint, en effet, au monastère et, à l'heure dite, à la fin de la psalmodie, quand les frères se préparaient à méditer, il vit le moine tiré dehors par les bords de son habit par un petit nègre. A cet aspect il s'approcha de l'abbé Pompéano et de Maur, et leur dit en silence : « Ne voyez-vous pas qui entraîne le moine dehors? » Sur leur réponse négative, il ajouta : « Prions, afin que vous puissiez voir aussi quel est celui que suit le moine. » Ils prièrent pendant deux jours, et Maur put tout voir, l'abbé ne s'aperçut de rien. Le second jour, après l'oraison, saint Benoît sortit de l'oratoire, ayant trouvé le moine, le battit avec une verge, et dès lors le démon, comme s'il eût été frappé lui-même, n'osa plus recommencer, et le moine, à partir de ce moment, demeura toujours fervent dans l'exercice de l'oraison mentale.

Nous avons parlé des douze monastères que le saint fit élever ; trois étaient posés sur le mont Taléo en un lieu où l'eau manquait, d'où les moines devaient tous les jours descendre puiser au lac et remonter par ces rochers abruptes, avec un danger évident et la peur continuelle de tomber dans le précipice, et avec bien de la peine et des difficultés. Voyant qu'ils ne pouvaient continuer ce travail, ils se réunirent et allèrent ensemble trouver saint Benoît, et lui dirent : « Il nous est trop pénible, ô Père, de descendre tous les jours chercher de l'eau au lac, et pour cette raison, il faut, ce nous semble, déplacer les monastères. » Le saint les consola doucement, et les congédia, mais à la nuit, il prit avec lui le petit Placide, gravit le rocher du mont voisin des trois monastères, et s'y livra à une longue prière, il plaça ensuite pour signal trois pierres en cet endroit, et, sans être aperçu, retourna à son monastère. Le jour suivant il voit revenir prendre l'eau nécessaire, les frères qu'il appelle et leur dit : « Allez, et sur le rocher où il y a trois pierres l'une sur l'autre, creusez un peu, car le Dieu tout-puissant peut faire sortir de l'eau sur le sommet du mont et vous délivrer des fatigues du voyage. » Ils s'y rendirent et trouvèrent le rocher indiqué par le saint, déjà humide ; ils y firent une sorte de bassin qui fut bientôt rempli d'une eau si abondante que, de cette hauteur, elle ne cesse de couler en mille détours et de tomber en cascades, en murmurant et folâtrant, jusqu'à une verte petite prairie sous laquelle

elle se glisse par le sable et les pierres et va se perdre dans l'Anio. Près de la source miraculeuse, et à la place, ainsi qu'on le croit, de l'un des trois monastères, s'élève à présent une chapelle dédiée à saint Jean-Baptiste.

Voici encore un exemple de la charité du saint et de sa grande douceur. Il avait résolu d'accueillir toute sorte et condition de personnes, car, ainsi qu'il l'a écrit dans sa règle, ou serviteurs ou libres, nous sommes une seule chose dans le Christ, et tous égaux au service de Dieu, qui n'excepte personne (Cap. II.) Et comme il avait reçu des jeunes gens des plus nobles familles de Rome, il voulut aussi recevoir un homme simple et pauvre, Goth d'origine. Un jour qu'il devait tracer un jardin près d'un lac formé dans ce temps par les eaux du fleuve, saint Benoît lui fit remettre une vouge pour couper le bois et nettoyer l'endroit des rejets et des ronces. Le Goth y mettant beaucoup d'activité, le fer sort du manche et tombe dans le lac en un lieu si profond, qu'il n'y avait plus d'espoir de l'en retirer. Le pauvre Goth, à cet accident, courut tremblant auprès de Maur s'en accuser, et en fit la pénitence. Maur en référa à saint Benoît, qui se rendit au lac, et, prenant le manche des mains du Goth, le plongea dans l'eau, et aussitôt le fer en flottant revint s'y rejoindre. Puis il remit l'outil au Goth, en lui disant avec bonté : « Voilà, travaille, et ne t'afflige pas. »

Une autre fois le saint se trouvait au monastère, quand le jeune Placide en sortit pour aller puiser au lac, y ayant descendu le vase en se penchant tout entier sans beaucoup de précaution, entraîné peut-être par le vase qui se remplit tout à coup, il tomba dans le lac, et fut emporté par l'eau dans un assez long parcours loin de la rive. Le saint s'en aperçut aussitôt, et à l'instant il appela Maur : « Cours, dit-il, l'enfant est tombé dans le lac, et déjà il est emporté par l'eau. » Prodige, qui depuis saint Pierre ne s'était pas vu ! Maur, au commandement de saint Benoît, qui lui donna sa bénédiction, se mit à courir jusque sur l'eau, il lui semblait marcher à terre, et à la portée de l'enfant, il le prit par les cheveux et le ramena avec lui bien vite. A peine eut-il posé le pied sur le bord, revenu à lui-même et se prenant à réfléchir, il s'aperçut, non sans effroi, qu'il avait marché sur l'eau, et alla sans retard apprendre le fait au saint Père. Saint Benoît l'attribua à la vertu de l'obéissance de Maur, et non à ses propres mérites comme l'assurait Maur, disant qu'il n'avait eu d'autre intention que de lui obéir. Enfin, entra le jeune Placide qui arrêta ce débat de l'humilité. « Quand l'eau m'entraînait, dit-il, je voyais au-dessus de ma tête le manteau du Père Abbé, et il paraissait m'en retirer. »

Déjà, saint Benoît excitait dans ces lieux le plus vif amour envers Jésus-Christ, beaucoup abandonnaient le siècle et s'imposaient le joug si doux du Rédempteur, quand un prêtre d'une église voisine, nommé Florent, jaloux du bien qu'il faisait, attaqua la réputation du saint et puis chercha d'un côté et d'autre, à éloigner de lui tous ceux qu'il pouvait ; mais il s'aperçut de l'inutilité de ses efforts et des progrès toujours croissants de l'opinion que l'on avait de la sainteté de Benoît, ce qui augmentait sa fureur, et à la fin, aveuglé par la passion qui le consumait, il résolut de le faire mourir. A cet effet, il mit du poison dans un pain, et l'envoya, comme un don de la charité, au serviteur de

Dieu. Le saint le reçut en le remerciant avec politesse, et lorsqu'il eut connu le piège, il s'en affligea, non pas à cause de lui, mais pour le dommage qui en retombait sur son ennemi. A l'heure du dîner, comme tous les jours, un corbeau vint de la forêt voisine, recevoir de la main du saint, son pain accoutumé. Saint Benoît lui jeta d'abord ce pain empoisonné en lui faisant cette petite prière : « Au nom de Jésus-Christ Notre Seigneur, enlève ce pain, et dépose-le hors de la portée des hommes. » Le corbeau alors, ayant ouvert le bec et étendu les ailes, se mit à croasser en sautillant autour du pain comme pour dire qu'il voulait obéir, mais qu'il ne le pouvait pas ; et le saint qui renouvelait ses ordres, lui disait : « prends-le avec assurance, et jette-le où on ne le pourra trouver. Un bon moment après, il le prit enfin avec le bec, le souleva et partit, et au bout de trois heures, il revint prendre la nourriture qu'il avait l'habitude de recevoir des mains du saint.

Ce coup manqué, Florent s'en irrita davantage, et délibéra comment il pourrait tourmenter le saint et lasser sa patience. Il adopta un projet diabolique et cruel autant qu'il pouvait l'être à l'égard d'un père aussi affectueux, et l'exécuta sur-le-champ. Il prit sept filles éhontées qu'il envoya dans le jardin du monastère de Benoît, y déployer tout l'art de la séduction, pour perdre les âmes de ses disciples encore jeunes ; elles s'y rendirent, et, délivrées de leurs habits, elles dansèrent pendant longtemps. Le saint, qui voyait ce qui se passait du monastère, redouta beaucoup la chute de ses disciples, et, considérant que lui seul était l'objet de cette manifestation de l'envie, se décida à abandonner ces lieux. En conséquence, il régla les affaires des monastères qu'il y avait construits, et les ayant recommandés aux supérieurs qui devaient les administrer, alla avec quelques-uns, peu nombreux, chercher une autre demeure. Le saint, dans son humilité, avait pris ce moyen d'échapper à la haine ; à peine fut-il en marche, le Tout-Puissant frappa le prêtre pervers, qui se trouvait sur la terrasse de sa maison, il venait d'apprendre le départ de saint Benoît, il s'en réjouissait et en faisait une grande fête, quand tout à coup la terrasse s'effondre, et laisse la maison debout ; brisé et écrasé sous les décombres, il périt misérablement. Maur, disciple du saint, crut devoir, sans retard, faire connaître cet accident à son maître, qui ne pouvait être à plus de dix milles de distance et lui fit dire, comme en se félicitant avec lui, de retourner puisque son persécuteur n'existait plus. A la nouvelle, saint Benoît versa des larmes amères et s'affligea de la mort de son ennemi et de la joie de son disciple, il lui en infligea une forte pénitence, et, en continuant sa route, il quitta ces lieux qu'il avait habités environ trente-quatre ans.

Nous terminons cette partie des faits merveilleux que saint Benoît y avait accomplis, et nous rappelons l'éloge magnifique que fait de lui à leur sujet saint Grégoire le Grand. « Ce sont des choses admirables et surprenantes ! Dans l'eau qui jaillit du rocher, il me paraît un autre Moïse, le fer qui surnage me rappelle Elysée, je vois Pierre dans le passage sur les eaux de son disciple, dû à son mérite ; dans l'obéissance du corbeau, Elie ; et David, dans sa douleur pour la mort d'un ennemi. Assurément il fut rempli de l'esprit de tous les justes.

NOTA. — Nous marquons les noms et le lieu des douze monastères de Subiaco, fondés par saint Benoît, selon ce qui nous paraît plus probable sans vouloir rien discuter.

1º Saint-Cosme et Saint-Damien, à présent monastère de Sainte-Scolastique. — 2º Saint-Clément, à peu de distance du premier et presque sur le bord du lac, qui paraît avoir été la demeure ordinaire de saint Benoît. 3º Saint-Michel-Archange, sur un coteau pittoresque que l'on voit au-dessous du bosquet de la Sainte-Caverne. — 4º Saint-Blaise où est la chapelle de ce saint. — 5º Saint-Donat, où est à présent le grenier de ce nom. — 6º Sainte-Marie, aujourd'hui Bienheureux Laurent. — 7º Saint-Gérôme, que l'on voulut reconstruire en l'an 1387, mais l'œuvre demeura inachevée à peu près comme on la voit de nos jours. — 8º Saint-Jean-Baptiste, il y est à présent la chapelle dite de Saint-Jean-de-l'Eau. — 9º Saint-André-de-la-Vie-Éternelle, voisin du fleuve comme à l'opposé de Saint-Jean-de-l'Eau. — 10º S.-Victor Martyr, au pied du mont Préclaro, près *Jenne*. — 11º Saint-Ange-de-Balzis, près de Subiaco, voisin de l'église actuelle de la Vallée. — 12º Saint-Ange-di-Arsano, voisin de Trévi.

IV. *Mont Cassin.* — *Colloque de saint Benoît avec sainte Scholastique.* — *Mort de sainte Scholastique.* — *Mort de saint Benoît.*

Dans cette dernière partie de la vie de saint Benoît, nous serons plus court, nous toucherons à peine à quelques traits et garderons sur d'autres un complet silence. Nous nous contenterons d'avoir rapporté tout ce que nous a laissé, par écrit, saint Grégoire, des faits accomplis en cet endroit, qui, par cela même, intéresseront davantage les dévots pèlerins accourus pour vénérer le saint patriarche et le théâtre de tant de merveilles.

Saint Benoît, éclairé d'une lumière surnaturelle, connut la volonté de Dieu dans ce départ, et continua, comme on l'a dit, sa marche, et, guidé par le ciel, se dirigea vers le château de Cassin (l'an 528) situé au pied d'un mont sur lequel s'était retiré, comme dans une forteresse, le culte impie des idoles vaincu et chassé de toutes parts : là était un temple en l'honneur d'Apollon, sa statue, l'autel et les bosquets sacrés. Saint Benoît, tout enflammé du zèle de la gloire divine, y monta avec ses disciples, et, en parcourant toute l'étendue de ce lieu, détruisit le temple, brisa l'idole, renversa l'autel et coupa les bosquets ; du temple d'Apollon il fit l'oratoire de Saint-Martin ; sur le sommet du mont où était l'autel de cette idole, il construisit l'oratoire de Saint-Jean-Baptiste, et conduisit à la foi, par une prédication incessante, tout le peuple d'alentour. Il s'occupa encore d'élever un monastère, mais l'ennemi déchaîna sa fureur, en se voyant expulsé de son royaume, et ne ménagea aucun moyen pour empêcher de construire la maison de Dieu. Tantôt il se posait sur une pierre qui devait entrer dans l'édifice, et aucune force ou industrie ne pouvait la remuer, tantôt il épouvantait les ouvriers par des spectres de feu, tantôt un mur s'écroulait et écrasait un jeune moine dans sa chute ; mais saint Benoît l'arrêtant avec l'arme de la prière, le contraignit à se retirer. Le jeune moine avait les chairs en lambeaux et les os brisés, de sorte qu'il fallut le porter dans un sac au saint, qui le rétablit parfaitement, et l'envoya, comme auparavant, continuer son travail. A la fin, il surmonta tous les obstacles et acheva le monastère.

Nous ne finirions pas si nous voulions résumer les saintes œuvres et les prodiges opérés par saint Benoît dans son nouveau séjour ; il voit ce qui s'est passé loin de lui, il voit le présent dans le cœur des hommes, il voit l'avenir et prédit les événements privés et publics, comme la mort du roi Totila, la désolation de Rome, l'irruption des Lombards et la destruction du monastère qu'il vient de construire. Il secourut les pauvres en payant leurs dettes et fournissant leur provision de pain et d'huile, délivra les opprimés et les démoniaques, guérit les infirmes, ressuscita les morts et mérita de voir le monde entier recueilli sous un rayon de soleil. Enfin nous voulons raconter un peu plus au long un fait plein de charme et de piété.

Saint Benoît avait une sœur du nom de Scholastique, consacrée à Dieu depuis son enfance, elle n'était pas loin de son frère dans la compagnie d'autres vierges, et avait coutume de venir le voir une fois l'an. Saint Benoît descendait à cette occasion à une ferme du monastère où ils s'entretenaient ensemble dans de saints discours. A l'une de ces visites, qui fut la dernière, ayant passé tout le jour à louer Dieu et à converser pieusement, au coucher du soleil il prirent leur repas et, demeurant à table, ils continuèrent ces colloques pleins de douceur sans remarquer qu'il se faisait tard. Saint Benoît s'en aperçut à la fin, et voulait aussitôt partir pour son monastère ; la sainte le pria de ne la pas laisser pour cette nuit, afin de pouvoir parler avec lui des agréments de la vie céleste. « Que me demandez-vous, ma sœur, lui dit-il, je ne puis en rien me tenir hors du monastère. » Sainte Scholastique, à ce refus, joignit les mains, et les ayant posées sur la table, y plaça la tête et pria Dieu en répandant beaucoup de larmes. Le ciel était beau et serein, mais en relevant la tête, elle l'aperçut enveloppé de nuages noirs, et à l'improviste une tempête éclata avec des éclairs, du tonnerre et une pluie si abondante, que ni saint Benoît, ni aucun des frères qui l'avaient accompagné, ne purent mettre le pied dehors. Alors le saint voyant avec regret qu'il ne pouvait se rendre au monastère, s'en plaignit en disant : « Dieu vous le pardonne, ma sœur, qu'avez-vous fait ? » « Voici quelle fut sa réponse : Je vous ai prié, dit-elle, et vous n'avez pas voulu m'entendre, j'ai prié mon Dieu et il m'a exaucée ; à présent, si vous le pouvez, laissez-moi et retournez à votre monastère. » Ils s'entretinrent toute la nuit sur l'âme et la vie éternelle à leur grande satisfaction.

La sainte s'envola bientôt là où la portait tout son désir, aussi, quand chacun fut rentré dans son monastère, trois jours après, saint Benoît, qui se trouvait dans sa cellule, en levant les yeux, vit l'âme de sa sainte sœur, sous la forme d'une colombe, s'envoler au ciel. Dans la joie à la vue d'une si grande gloire, il rendit grâce à Dieu et envoya de suite quelques frères pour ramener le corps au monastère et le déposer dans le sépulcre qu'il s'était préparé dans l'oratoire de Saint-Jean-Baptiste, afin que, s'ils furent toujours unis de cœur pendant la vie, leurs corps fussent aussi rapprochés dans le même tombeau.

Nous sommes parvenus au glorieux trépas du saint P. Benoît, arrivé la même année que celui de sainte Scholastique, en 543.

Il avait prédit, longtemps à l'avance, son départ de ce monde, en le révélant, avec ordre de le tenir secret, à quelques disciples qui s'entretenaient avec lui ; et le fit connaître encore à d'autres qui étaient absents en leur indiquant le signe qu'il leur donnerait au moment de la séparation de l'âme et du corps. Cependant, six jours avant de mourir, il se fit ouvrir le sépulcre, et accablé par les chaleurs de la fièvre qui le prit subitement, et le mal s'aggravant tous les jours, le sixième il se fit porter dans l'oratoire, où il se fortifia du corps et du sang du Seigneur : enfin, en s'appuyant de ses membres débiles sur les bras de ses disciples, levant les mains au ciel, debout et en prononçant des prières, il rendit l'esprit.

Dans la même journée deux de ses disciples, dont l'un se tenait au monastère, et l'autre était éloigné, virent une route qui se dirigeait vers l'Orient jusqu'au Ciel, tout ornée de riches draperies et resplendissante d'innombrables clartés, à l'entrée de laquelle était un personnage qui leur demanda pour qui on avait préparé cette voie triomphale, ils avouèrent qu'ils ne le savaient pas, et il ajouta : « C'est la route par où Benoît, très cher à Dieu, est monté au Ciel ».

Cette fin glorieuse couronne une vie passée tout entière dans l'exercice héroïque des vertus chrétiennes, heureux qui écoute la voix de ses exemples par lesquels il nous invite à le suivre et il nous exhorte : « Soyez mes imitateurs, comme je le fus du Christ ». (I. Cor. IV, 16.)

NOTA. — S. Benoît promit à la vierge bénédictine Ste Gertrude qu'il viendrait à l'heure de la mort assister ceux qui se seraient appliqués à lui rappeler dans la prière son glorieux trépas.

La Sainte Règle.

*Quicumque hanc regulam secuti fue-
rint, pax super illos et misericordia.*

Celui qui suivra cette Règle aura la
miséricorde et la paix.

(AD GALAT. VI, 16.)

D'après ce que nous avons raconté de l'existence du
S. patriarche Benoît, on peut se faire une idée de l'étendue de sa vertu, et de la perfection de sa sainteté, mais
nous croyons utile d'y ajouter quelque chose de la règle
qu'il a écrite, car son illustre biographe S. Grégoire
le Grand nous apprend qu'il a dû faire à dessein bien
des omissions, et que ceux qui voudraient en savoir
davantage et pénétrer plus avant dans la connaissance
de ses habitudes et de sa vie, n'avaient qu'à lire la règle
qu'il a tracée, et à laquelle, en l'enseignant aux autres,
il n'a pu que se conformer lui-même.

Des souverains pontifes, des conciles, des saints et
de grands personnages l'ont souvent louée en termes
magnifiques, et il nous suffira d'en mettre en relief
quelques qualités, que nous rapportons à trois chefs,
la discrétion, la sagesse et la sainteté.

A la céleste lumière que recevait son âme très pure,
le saint avait examiné les règles et les coutumes

monastiques des temps passés, et considérant la faiblesse humainè, tempéra la sévérité des anciens statuts de façon qu'aucun de ceux que Dieu y aurait appelés ne put avoir de raison de se refuser à suivre la voie de la perfection et des conseils évangéliques. De là le caractère . d'universalité de son institut adapté à tout état, sexe et condition, et pour cela S. Grégoire fait l'éloge de sa règle qu'il trouve remarquable par la discrétion qui y resplendit d'un bout à l'autre, et la rend douce et agréable. En effet, dès le commencement il invite le disciple, en l'appelant du nom de fils, à vouloir accepter librement et avec amour, non des ordres, mais des avis, et se donnant à lui-même le nom de bon père, il gagne son affection. Il proteste qu'il ne veut rien pour son institution, qui soit rude et pénible. Il rappelle à l'Abbé de penser à son nom de père (*Abba Pater*), de se faire un devoir d'enseigner plus par les œuvres et l'exemple que par les paroles, de faire attention aux temps et aux coutumes, en mêlant avec opportunité la rigueur du maître au pieux office le père. Il ordonne aux supérieurs, avant d'infliger des châtiments, d'avertir deux fois en secret et une fois en public, et l'on passe à la peine qui doit toujours se proportionner à la faute. Il veut que l'Abbé se rappelle le bon pasteur et soit plein de sollicitude pour les coupables, et lui recommande de les consoler et de les provoquer à la pénitence comme à leur insu. Qu'il ait pitié des vieillards, des enfants et des infirmes en les dispensant des jeûnes et abstinences, et voie à ce que tous soient pourvus du nécessaire. Qu'il accorde plus à la miséricorde qu'à la justice, se fasse plutôt aimer que craindre. Il lui met sous les yeux divers exemples de la discrétion, mère de la vertu, tirés de la sainte écriture, afin que tout soit tempéré de telle sorte que les plus forts désirent plus encore, et les faibles ne se rebutent pas. C'est le portrait du prélat bénédictin où S. Benoît se dépeint au vif dans la charité, la douceur et la discrétion. Et pour résumer beaucoup en peu de mots, de tous les préceptes de cette règle c'est l'esprit évangélique de douceur et de discrétion qui en fait l'ornement.

La sagesse y reluit de toute part, au point que tous les fondateurs d'ordres religieux que Dieu a suscités depuis dans l'Église pour quelque besoin spécial et fin particulière y ont puisé comme à une source abondante des enseignements accommodés à leur vue. Côme le Grand l'avait toujours dans ses mains, il en retirait, disait-il, une grande lumière pour bien régir et gouverner ses peuples. Ce code a pourvu à tout, les exercices sont distribués suivant les saisons de l'année, et les heures du jour et de la nuit, les offices sont marqués, les cas prévus, les précautions prises et tout est disposé pour bien conduire la maison de Dieu. Le régime est tout à fait propre à fournir à la communauté de grands avantages, et convenable pour opérer de grandes choses. L'autorité dans l'Abbé est absolue, et pour cela tempérée par la règle la plus douce, que tous adoptent comme leur souveraine et leur guide ; et s'éclaire aussi du commun avis des derniers et des plus jeunes. L'Abbé est remplacé dans tous les emplois de la prévôté, celui qui l'aide dans les choses spirituelles est pris parmi les doyens, et le cellérier administre le temporel. Pour prévenir plus doucement le mal, le mieux guérir, chacun ouvre son

cœur à l'Abbé et aux pères spirituels, qui doivent se
réformer eux-mêmes et ne point découvrir les infirmi-
tés des autres. Ensuite par-dessus tout les supérieurs
et les subordonnés doivent avoir soin d'empêcher la
médisance. Un grand ennemi de l'âme est l'oisiveté
que les frères tiennent à l'écart en se livrant, à cer-
taines heures, à de saintes lectures et, à d'autres,
à quelque travail manuel ; et on enjoint toujours
à ceux qui sont infirmes ou délicats de corps ou
d'esprit un travail ou un art qui les occupe sans les
fatiguer.

D'où, avec raison et d'une manière entièrement
conforme à l'esprit du saint législateur, on vint ensuite
à substituer aux œuvres des mains, en tout ou en
partie (1), l'étude et le ministère ecclésiastique.

Enfin, en témoignage de la sainteté de cette loi, il
suffirait de dire qu'elle est appelée, par antonomase, la
Sainte Règle. Que l'on remarque en effet, combien sont
élevés et souverainement divins ses préceptes de morale.
Dans l'humilité, saint Benoît y érige une échelle merveilleuse de douze degrés, qui est un abrégé de perfection ;
il veut que l'on aille dans l'obéissance jusqu'à l'impos-
sible, ce qui veut dire que l'on surmonte les difficultés
et l'ennui ; la pauvreté, le moine ne doit rien avoir en
propre, pas même le corps. L'amour fraternel est pra-
tiqué dans les honneurs mutuels que l'on se rend, et
dans la soumission l'un à l'égard de l'autre, dans la
révérence pour les vieillards et l'affection des jeunes
gens. De plus, toute la sainte règle tend à séparer
le moine d'avec le monde, et à le porter en Dieu par

---

(1) Séparés, ou réunis l'un à l'autre.

la contemplation, et prescrit dans ce but de réunir au monastère tout ce qui est nécessaire jusqu'au moulin et au four, et d'y exercer les arts et métiers. A cette fin, on ordonne le silence qui ne peut s'interrompre que dans le cas de nécessité, et il est rare que l'on permette encore de parler de sujets bons et pieux. Il est sévèrement défendu de rapporter au monastère ce que l'on a vu et entendu au dehors, afin de ne pas éteindre l'esprit de la prière et de la solitude ; il enseigne comme on doit prier, et ordonne l'office divin qu'il appelle l'œuvre de Dieu, avec le plus grand soin, en y employant dix-sept chapitres, et bien qu'il veuille que Dieu soit glorifié en tout, l'office divin sera toujours mis au premier rang.

Nous ne pouvons rien dire de tant d'autres instructions admirables que saint Benoît a recueillies dans cet abrégé et conclusion de la Sainte Règle. « Avant tout ils (les frères) placeront le Christ, qui nous conduit tous ensemble aux joies éternelles. Ainsi soit-il. »

V.

Premier monastère de Sainte-Scholastique.

Quam dilecta tabernacula tua, Domine virtutum ! Concupiscit et déficit anima mea in atria Domini.

Qu'ils sont aimés vos tabernacles, Seigneur des vertus! Mon âme vous désire et languit dans les parvis du Seigneur.
(Ps. LXXXIII, 1.)

Après avoir vénéré la Sainte Caverne et connu les merveilles de la vie du saint patriarche Benoît, le pèlerin sort du sanctuaire le cœur plein d'émotion, car il ne lui arriva jamais de se sentir détacher des choses vaines et fugitives d'ici-bas comme dans cet heureux moment ; il y a goûté quelque chose des délices de l'esprit, et entendu la voix des célestes inspirations, et là, peut-être, il a formé de grandes résolutions et a été changé. Certes, le souvenir de ce lieu sera toujours gravé dans sa pensée, et lui rappellera combien le Seigneur est doux.

Si l'on suit la belle et facile voie qui du couchant se plie doucement vers la côte, on découvre une scène magnifique ; des monts plus éloignés qui se portent comme des géants sur l'horizon, se rangeant à chaque pas sous l'œil ravi d'autres monts de différentes formes qui diminuent peu à peu, avec de nombreux châteaux sur les sommets ; les collines se succèdent et l'on contemple la vallée au milieu de laquelle, sous un bel et agréable aspect est assise la cité de Subiaco, qui semble se reposer sur un vert coteau élevée sur sa roche majestueuse qui domine toute la vallée. Le pèlerin avance ainsi jusqu'à la grande tour qui termine le chemin de ce côté, et voit au dessous le monastère grandiose de Sainte-Scholastique, qui se montre au complet dans ses cloîtres, l'église et le campanille. Le desir d'y trouver un nouvel aliment à la piété, le fait bien vite reculer de quelques pas et puis descendre par un sentier escarpé qui aboutit au bosquet, et de là sort sur la route qui conduit par une légère pente à la petite chapelle de la Santa-Crocella, puis il se rend au monastère et d'abord à l'église, où il pénètre par un long corridor; l'entrée principale est du côté du cloître.

Ce temple, d'ordre ionique, n'a été restauré qu'en 1770, dans cette forme et ce genre d'architecture ; son aspect réjouit et n'éveille pas au plus haut degré les saintes affections, et celui qui voit les surprenantes peintures qui restent de l'ancienne église et les grands arcs gothiques toujours intacts qui s'élèvent au-dessus de la voûte moderne, gémit dans son cœur, comme autrefois les anciens du peuple juif qui avaient vu le premier temple, en présence du second, qui lui était si inférieur. Saint Benoît construisit ici un monastère et y édifia une église en la consacrant aux saints martyrs Côme et Damien, convertie ensuite par saint Honorat, son successeur, en cour capitulaire, quand, en 593, il éleva sur l'emplacement de celle d'aujourd'hui, une autre église en l'honneur des saints Benoît et Scholastique, qui, environ quatre siècles plus tard, fut renou-

velée en style gothique (et les arceaux, comme il a
été dit, en subsistent toujours), et dédiée à Sainte-Scholastique, avec l'intention de réserver le titre de saint
Benoît à l'église et au monastère de la Sainte-Caverne,
qu'il voulait construire. Nous avons déjà parlé de
la restauration faite en 1770. Enfin, le Père Abbé Casaretto y fit des travaux considérables pour qu'elle fût
plus belle et plus pieuse, et l'acheva en 1852. Cette
église est la cathédrale de l'Abbaye, comme l'a décidé
la Chambre apostolique et la sacrée Rote, et elle est
désignée sous ce titre plusieurs fois par le Sinode de
Subiaco, et le cardinal Rezzonico dans l'acte de sa
consécration (1), et Pie VI qui retint dans le souverain
Pontificat la commanderie de cette abbaye, dans une
lettre adressée aux moines, dit de l'église de Sainte-
Scholastique : *quam sponsæ loco, primam habuimus* « que
nous avons eue pour première épouse ». Et Pie IX, le
Souverain Pontife régnant, dans le bref qui confia
cette Abbaye à l'Eminentissime Cardinal Monaco (dont
nous croyons devoir témoigner ici du zèle pastoral, de
la remarquable piété et de la singulière bienveillance
pour les moines, et de la justice dont il donna la
preuve en les protégeant et défendant leurs droits et
privilèges), dans ce bref, disons-nous, le Saint-Père
appelle les moines chanoines réguliers de la dite église
abbatiale. La même église exerce les droits de cathédrale et, à la mort du commandataire, l'Abbé régulier
est le Vicaire capitulaire naturel ; seulement en 1763,
la sainte Congrégation des évêques et réguliers ne
décida pas que l'église de Sainte-Scholastique et celle de

_____

(1) La consécration de la même église.

Saint-André n'étaient pas cathédrales, mais, pour cette fois, la même Congrégation, sauf les droits des parties, ne la concéda à aucune d'elles (*neutri*, « ni à l'une, ni à l'autre »), mais elle y pourvoyait elle-même ; ce quelle fit dans la suite pour prévenir les discordes.

Les tableaux suivants des autels de cette église sont dignes d'admiration : saints Côme et Damien, de Pompée, de Ferrare; l'Ange gardien, de Van Dyck ; saint Grégoire le Grand, de Guido Reni ; saint André, apôtre, de Calabrèse, saints Audace et Anatolie, de Concioli (1775) (1); l'Immaculée-Conception, de Gaëtan. Le chœur fait en 1643 est d'un beau dessin et n'a pas beaucoup de sculptures, le grand autel majestueux, tout de marbre, auquel on monte par trois degrés spacieux, également de marbre, est couronné d'une abside soutenue de deux grosses colonnes posées par derrière, les deux grandes tables des côtés sont en cuivre et tout le pavé du sanctuaire est un marbre en mosaïque. Du côté du chœur, sous l'autel, est caché un très dévot petit sépulcre où se gardent les insignes reliques des SS. Benoît et Scholastique. L'orgue très bon est sur l'entrée de l'église et s'élève sur deux colonnes de marbre cipolin. Sous l'autel de la Conception repose le saint corps de la vierge bénédictine, sainte Chelidoine, insigne protectrice de Subiaco, et sous l'autel du Très Saint-Sacrement on vénère les corps des saints Audace et Anatolie, martyrs. De cet autel on entre aux quatre chapelles des saints Benoît, Maur, Placide et Turibe, ouvertes et splendidement décorées par le saint abbé Casaretto.

(1) Est-ce le même que Conciolo, voir pag. 18.

La sacristie, construite en 1578, a de très belles fresques de Zuccari, retouchées en 1595 par un disciple de Vacca, et représente l'histoire de la Très-Sainte Vierge Marie ; dans quelques figures on remarque les modes du costume de Subiaco : le grand tableau de l'autel est de Muratta ou son école.

De la sacristie on descend par un long escalier à une magnifique chapelle que fit construire Ludovique, évêque de Majorque en 1426, et dédiée aux saints anges ; peu à près elle fut ornée de belles fresques qui indiquent l'école toscane et le genre de Giotto, au jugement du peintre Bianchini, qui, de concert avec son collègue Lais, les restaura très habilement, c'est lui qui, en décrivant ces peintures, s'exprime ainsi : « J'y découvre une certaine suavité d'incarnat et d'ombre, une agréable variété de coloris, et ce qui honore le plus l'école de Giotto, la souplesse des vêtements noble, uniforme et naturelle. » Mais le plus précieux est le trésor contenu dans l'urne posée à l'intérieur du mur au-dessus de l'autel, ce sont les ossements de saint Bède, docteur anglais, dit le *vénérable* ; l'élégant autel est orné de belles mosaïques. De cette chapelle on passe à une autre qui a le titre de saint Pierre, martyr, abbé de Subiaco, dont on voit la statue dans une petite grotte derrière l'autel ; de là on va à une troisième petite chapelle élevée à l'honneur de saint Honorat, successeur de saint Benoît. C'est une magnifique caverne avec un beau vestibule gothique agréablement décoré, dans laquelle se trouve une autre petite grotte où l'on a placé la statue du saint dans l'acte de la méditation ; ces souterrains pleins de charmes, sont partout ornés de peintures et éclairés de la faible lumière des vitraux en couleur et de celle des lampes, ce qui donne à toute cette sainte retraite tant de majesté et de mystère, que l'âme s'abandonne entièrement à l'oubli du monde, et il lui semble pour un instant qu'elle est au sein de la demeure des esprits bienheureux.

Une petite porte de la dernière chapelle mène à un escalier qui aboutit à une dévote petite chapelle, la cellule autrefois du saint moine le vénérable Pugnetti ; la précieuse image et la Madone sur l'autel est une noble fresque de 1449. De là on arrive à un gracieux cloître qui a jour de tous côtés sur une très belle vue par une multitude de petits arceaux soutenus de colonnettes de différentes formes qui s'accouplent et s'isolent alternativement ; tout est de marbre blanc, ainsi que les murs du dehors jusqu'à la corniche : l'abbé Lando fit exécuter cette œuvre à quelques artistes romains comme on le requiert des paroles suivantes écrites sur la façade au-dessous de la corniche : *Comos et filii Lucas et Jacobus alter, Romani cives in marmoris arte periti. Hoc opus explerunt Abbatis tempore Landi.* « Côme et ses fils Luc et Jacques, citoyens romains, habiles dans l'art de tailler le marbre ont achevé cette œuvre au temps de l'abbé Lando. » (vers l'an 1230). Le portique de ce cloître a dû être tout orné de peintures, comme le prouvent des restes dont le plus remarquable est un saint Benoît avec des verges à la main, symbole de la discipline, et le doigt à la bouche pour commander le silence, c'est d'ici que la société de Düsseldorf fit la copie de son saint Benoît qui fut ensuite reproduit artistement dans une fenêtre de la Sainte-Grotte.

Une inscription sur une porte indique que c'est

l'entrée du Chapitre, autrefois église des saints Côme et
Damien, comme nous l'avons dit ; de là on rentre dans
l'église pour ressortir par la porte principale très belle,
de style gothique, en pierre, dont la façade porte la
gracieuse image de la Madone entre les saints Benoît
et Scholastique.

Le cloître qui précède, un des plus élégants, de style
lombard, a les arceaux en ogive, l'un d'eux opposé à la
porte de l'église est orné de statuettes en pierre des
saints apôtres et prophètes et de la mère de Dieu, assise
au sommet sur le dos de deux lions. De là on voit le
campanile avec ses colonnettes et arceaux de la hauteur de cent-seize palmes, bâti avec le cloître en 1052.
D'après ces monuments, cette Première Abbaye est appelée avec raison le berceau de l'art architectonique en Italie. Que l'on n'oublie pas deux anciens monuments placés
dans le vestibule de l'église ; l'un est une inscription
près de la porte qui énumère les châteaux et les terres
du monastère sous l'abbé Humbert, qui la fit graver
l'an 1052, la voici :

« *In nomine Domini nostri Jesu Christi. Amen. Anno IV,*
« *pontificatus Domini Leonis noni papæ, Humbertus*
« *venerabilis abbas ædificavit hoc opus egregiæ turris ad*
« *honorem Christi confessoris Benedicti ejusque sororis*
« *sanctæ Scholasticæ virginis ubi breviter annotavit ea*
« *quæ continentur in præceptis hujus venerabilis Monas-*
« *terii. Specum, duos lacus, fluminis decursum cum*
« *molis et piscariis suis, Gennam, Puccium, Opinanum,*
« *Augustam, Cervariam, Maranum, Arsulam, Auriculam,*
« *Carsolum, Cantoranum, roccam conoclam, Trebanum,*
« *roccam Sarraceniscum, Sambuculum, Bicilianum, Mas-*
« *sam S. Valerii, roccam de Ilice, roccam Juvencianum,*

6

« *Apollonium, Collemalum.* » « Au nom de Notre-Seigneur
« Jésus-Christ, ainsi soit-il. L'an IV du pontificat du
« seigneur Léon IX, pape, le vénérable abbé Humbert
« édifia cet ouvrage de la belle tour à l'honneur du con-
« fesseur du Christ Benoît et de sa sœur sainte Scholas-
« tique, vierge, où il a noté brièvement ce qui est con-
« tenu dans l'ordonnance de ce vénérable monastère.
« La Caverne, deux lacs, un cours d'eau, avec les mou-
« lins et les pêcheries, Genne, Puccium, Opinianum,
« Augusta, Cervaria, Muranum, Arsula, Auricula, Car-
« solum, Cantoranum, rocca Conocla, Trelanum, roche
« des Sarrasins, Sambuculum (lieu planté de sureaux),
« Bicilianum, la motte de S. Valère, la roche de l'Yeuse,
« la roche Juvencianum (des taureaux), Apollonium,
« Collemalum (la colline du mal). »

L'autre monument encadré dans le pilastre vis-à-vis de
la porte est un bas-relief peut-être du viiie siècle, on y
représente d'un côté et de l'autre d'un calice un cerf
avec la tête élevée, qui a entre les cornes une grappe
de raisin, et plus au-dessous un oiseau, et est marqué au corps de la lettre T ; et un loup qui boit dans
le calice et qui a sur le cou un sceptre. Sur la partie
extrême supérieure du marbre sont écrites les paroles
suivantes : « *Sculum, quintanas* (1) *et fenestras cum
pabimento quoiutor qui pro amore Dei et beati Benedicti
Abbatis qui in hunc locum magnum certamen habuit.* »
« L'escalier, l'escalier (*quintanas*) et les fenêtres avec le
pavé un coadjuteur qui pour l'amour de Dieu et du

---

(1) *Quintanas*, de cinq en cinq, allant de cinq en cinq degrés d'un
étage à l'autre. Il semble qu'il y a deux escaliers *sculum, quintanas.*
(Voir la note de la page suivante, 67).

bienheureux Benoît, abbé, qui dans ce lieu a soutenu un grand combat. » Voilà la belle interprétation qu'en a donnée un moine de Subiaco. Le cerf, symbole de l'âme juste, marqué du sceau des élus est saint Benoît : la grappe de raisin le montre comme prêtre, et l'oiseau est le corbeau qui le distingue ; il refuse le calice de Babylone auquel boit avidement le loup, symbole du réprouvé victime des plus hideuses passions ; celui-ci a un sceptre qui résume les grandeurs humaines et ce qui en dérive, la toute puissance et l'incontinence, et c'est le prêtre Forent. La guerre que le saint eut à soutenir de la part de ce méchant animal spécialement le dernier assaut donné à la chasteté de ses fils et qui le contraignit d'abandonner cette bien-aimée solitude, est le *magnum certamen* (grand combat) que l'inscription rappelle.

Le monument est en mémoire de la construction d'un escalier *sculum*, du côté du cloître qui conduit à l'escalier *quintanas* (1) (Voyez «Du Cange, *Glossarium mediæ et infimæ latinitatis*,») («Glossaire de moyenne et basse latinité »), des fenêtres et du pavé, fait par un coadjuteur ou cellérier. Que l'on donne un autre tour aux paroles, et le sens se découvre ainsi dans toute sa clarté : « (*Fuit quidam) quoiutor qui pro amore Dei et « beati Benedicti Abbatis (qui in hoc loco magnum cer-« tamen habuit) (fecit) scalam, quitanas et fenestras cum « pabimento. »* «un coadjuteur pour l'amour de Dieu et du bienheureux Benoît Abbé (qui soutint ici un grand combat),(fit) l'escalier, l'escalier *(quintanas)* et les fenêtres

---

(1) L'escalier est appelé *quintanas*. (Voir la note de la page précédente, 66.)

et le pavé.» Ce fut posé sans doute au monastère de S.-Clément parce que c'est là que S. Benoît soutint la guerre dont nous avons parlé, et probablement découvert au milieu des ruines par les moines qui le trouvant une œuvre remarquable pour ces temps-là, durent le placer dans l'église des saints Benoît et Scholastique. Cette église fut réédifiée et réparée, et on en consacra la mémoire dans les paroles suivantes, gravées sur le corps du loup : « *Ædificatio hujus ecclesiæ sanctæ* « *Scholasticæ tempore Domini Benedicti VII Pp. ab ipso* « *papa dedicata, quem Deus sospitet, anno ab incarna-* « *tione Domini DCCCCLXXXI, Mense Decembri Die IIII* « *indict. VIII.*» «Construction de cette église de Sainte- « Scholastique au temps du seigneur Benoît VII Pp., « qu'il a consacrée lui-même, Dieu le protège, l'an de « l'incarnation du Seigneur 981, au mois de décembre « jour IIII, indiction VIII. »

Près de la porte un siège conserve un reste de mosaïque qui devait l'orner en entier.

Passons au réfectoire où l'on va par deux vestibules l'un près de l'autre, le premier est digne de remarque pour l'élégant petit escalier placé sur deux arceaux de style différent et qui s'harmonisent dans toute leur étendue, et le dessin en pierre de la porte par où l'on entre au second vestibule. Le réfectoire, très ample et somptueux, présente au premier regard du visiteur le grand tableau de S. Grégoire-le-Grand qui sert à table les pèlerins, et parmi eux a l'honneur de recevoir un Ange, œuvre merveilleuse du chevalier Manente exécutée l'an 1655. Au milieu de la foule des commensaux et de la suite du saint Pontife se distingue l'Ange tout rayonnant d'un éclat céleste, et S. Grégoire pieux dans l'attitude, et magnifique dans ses vêtements avec le splendide et solennel cortège. Les autres figures sont conduites avec un art admirable, particulièrement un moine en admiration, un serviteur qui se penche sur un escabeau, en montrant une épaule avec tout le bras nu, et un enfant vif, noblement vêtu. La même main nous semble avoir tracé le tableau de S. Maur qui guérit un estropié en le bénissant avec la croix. On doit apprécier aussi la Trinité sur la porte qui mène à l'intérieur, à l'un des côtés de laquelle est la très sainte Vierge Marie dans l'annonciation, et l'Ange Gabriel à l'autre, peint par Vacca (1798). L'entretien de S. Benoît et de Ste Scholastique au milieu de la voûte fut peint en 1607.

Du cloître que nous venons de rappeler on passe à l'autre qui est le plus récent, il date de 1580. On y admire les pontifes qui ont le plus mérité du monastère, peints sur les piliers, du chevalier Manente, et un sarcophage placé près de la citerne avec des bas-reliefs bien dégradés d'un triomphe de Bacchus. Près de là est la porte de la spacieuse hôtellerie, et par l'autre porte l'entrée principale du monastère.

Entre les deux cloîtres dont nous venons de parler, il y a un vestibule avec de belles peintures sur l'arceau extrême, surtout le S. Benoît qui monte au ciel, mis dans un admirable raccourci. Là un escalier spacieux conduit à la partie supérieure du monastère, et sur le plan où il tourne, s'élève entre quatre grandes fenêtres une colonne précieuse de vert antique, qui soutient la statue de l'Immaculée-Conception. La grande galerie à laquelle aboutit l'escalier est longue de 372 palmes et haute de 34, dans le fond, sur un piédestal de marbre de plus d'apparence est une colonne de marbre d'Afrique, qui soutient un buste de S. Benoît. Ensuite on trouve partout d'amples salles et des chapelles ornées, et dans la galerie et ses bras tout au tour les cellules des moines. Les archives, qui sont toujours pour les Bénédictins, après l'église, le lieu de leurs plus grandes sollicitudes, et le trésor, où leurs pères ont déposé ce qu'ils ont acquis dans un travail persévérant au bénéfice des sciences et de la bonne littérature, méritent toute l'admiration des savants, et appellent la vénération et la gratitude des érudits envers ces moines qui ont par héritage et comme par instinct l'amour patient, la finesse du jugement et la force qui résulte du concours de la volonté et de communs travaux. Otez les archives de leurs mains, vous fermez une mine, vous desséchez une source autour de laquelle on pourra placer de magnifiques sculptures, mais il n'en sortira plus les eaux si fraîches qui avaient coutume de recréer au profit général et de rajeunir tout à l'entour. Dans celles de Ste Scholastique on conserve plus de trois mille quatre cents parchemins et plus de trois cents manuscrits dont quelques-uns du xe siècle ; d'autres plus modernes sont une merveille pour la beauté des caractères et l'attrait des miniatures. La bibliothèque contient une riche collection d'impressions plus anciennes parmi lesquelles un exemplaire des œuvres de Lactance, imprimé l'an 1465 dans ce monastère qui fut le premier asile de l'art typographique dans notre péninsule. — L'aspect du monastère est beau et symétrique et la façade donne sur une large place.

Voilà tout ce qu'il y a de plus digne de remarque

dans cet immense édifice, et ce que les moines contre l'injure des destructions des barbares et des ruines occasionnées par le temps et d'autres causes naturelles ont conservé et accru par leur patient labeur et leur amour des sciences et des beaux-arts.

NOTA. — Sur la route qui monte au monastère de sainte Scholastique après la chapelle de S. Maur, on en rencontre une autre près de laquelle du côté de l'Anio se trouvent d'énormes pierres carrées placées en ligne droite et à distances égales, et d'autres restes d'un antique édifice d'un travail réticulaire (1); et au-delà du fleuve sur la rive de l'un des lacs actuellement privés d'eau comme on l'a dit, sont encore debout et venant de longue date, des restes d'un travail du même genre qui ne sont pas de peu d'importance. C'est le vestige d'une magnifique villa de Néron. Ce monstre y venait se divertir dans tous les plaisirs qu'avaient coutume de se donner ces empereurs corrompus, d'où il est facile d'imaginer quel agrément il y voulait trouver ; la nature du site, déjà si belle, ornée de fontaines, de lacs, de pêcheries, de bosquets, d'allées, de jardins, de vignes, de parcs, de bains, de temples, de statues, de palais et autres semblables choses, qui se requéraient pour ces délices des grands comme le décrit Pline et Columelle, devaient en faire un lieu enchanteur. C'est là qu'est arrivé ce que Tacite raconte dans ses annales et que nous rapportons dans les mêmes termes traduits en langue vulgaire. « Tandis que Néron était à table près des lacs simbruins, au lieu appelé Subiaco, la foudre frappa les mets, et tourna les tables sens dessus dessous. » (Lib. XIV, § 22.)

---

(1) Travail réticulaire : pierres ou briques disposées en forme de réseau.

VI

L'abbaye de Subiaco.

Maledicti erunt qui contempserint te...
benedictique erunt qui œdificaverint te.

Maudits seront ceux qui vous auront
méprisés, bénis seront ceux qui vous auront édifiés.

(Tob. XIII, 16).

Nous présentons à ceux qui le désirent un très
court abrégé de notions historiques sur cette illustre
abbaye.

A son départ de Subiaco, S. Benoît laissait à sa place
l'abbé S. Honorat qui vivait toujours au temps de S. Grégoire le Grand et gouvernait les moines de Subiaco.
Les peuples, dont la dévotion pour S. Benoit et la vénération pour ces saints religieux, les conduisirent à leur
faire de grandes largesses, leur donnèrent des mai-
sons, des fermes et des châteaux. Parmi les bienfai-
teurs se distinguèrent Ste Silvie et son fils S. Grégoire
le Grand qui, avec une munificence digne de lui, dépar-
tit beaucoup de biens au monastère, et confirma toutes
les autres donations à lui faites, par son diplôme en
date de l'année 596. On croit qu'il vint lui-même en
personne consacrer la nouvelle église des SS. Benoît et

Scholastique. S. Honorat mourut en 598. Sous le gouvernement d'Elie, son successeur, les Lombards firent une irruption et détruisirent les monastères de Subiaco (601), et les moines, pour échapper à leur fureur, se retirèrent dans Rome au Monastère de S. Erasme sur le mont Célius où ils demeurèrent cent quatre ans. Dans ce laps de temps, Adéodat, un des moines de S. Erasme, fut élu souverain Pontife.

L'an 705 sous le pontificat et la protection du pape Jean VII, les moines de Subiaco retournèrent à leur ancienne solitude, et après avoir élu abbé Etienne Ier, ils édifièrent depuis les fondements le monastère de sainte Scholastique. Mais en 847 brûlé et détruit par les Sarrasins, il fut relevé cinq ans après par l'abbé Pierre Ier, aidé dans cette réparation par le souverain Pontife S. Léon IV qui se rendit même à Subiaco et consacra deux autels dans la grotte inférieure de la Sainte-Caverne, et un autre dans le monastère nouvellement reconstruit. Sous le gouvernement de l'abbé Léon III, on trouva les corps des saints martyrs Audax et Anatolie et l'on en fit la translation solennelle (an 931). Le monastère fut pour la troisième fois dévasté en 938 par les Hongrois, et reconstruit peu après. Voici les faits les plus remarquables que nous connaissons de cette restauration à 992 : la venue de S. Odon, abbé de Cluny, qui y fut envoyé par le Souverain Pontife en 942, pour la réforme des Moines ; la visite du pape Jean XII (an 963); et celle du pape Benoît VII venu pour consacrer en 981 la basilique de Sainte-Scholastique, réédifiée sous son pontificat.

L'an 992, S. Pierre III, élu abbé, sut, avec l'aide de

Dieu, conduire à une vie si parfaite les Moines de ce Monastère, que plusieurs en furent appelés pour réformer l'abbaye de Farfa. Le saint abbé eut à passer par une grande épreuve qui perfectionna sa vertu et en couronna les mérites ; les seigneurs de Monticelli, près Tivoli, désireux de s'attribuer quelques possessions données au monastère par les comtes des Marses, le surprirent quand, en passant en ces lieux, il se rendait à Rome, et l'ayant en leurs mains, après avoir sans succès tenté par mille artifices et industries de l'amener à leur céder ces biens, ils le retinrent en prison, chargé de chaînes. Dieu voulut le consoler le jour de S. Nicolas, Evêque de Myre, car ce saint lui apparut comme son protecteur spécial et rompit ses chaînes. Néanmoins ces méchants les lui doublèrent et de plus lui firent endurer la faim et la soif, en espérant le vaincre ; mais ils ne purent l'émouvoir, et à la fin ils l'aveuglèrent et lui ouvrirent les veines aux tempes ; ce traitement et tant d'autres tourments et souffrances le réduisirent aux extrémités, et il mourut martyr de sa constance à défendre les droits sacrés de l'Eglise (an 1002). De son temps l'Empereur Othon III visita cette Abbaye.

Des abbés qui suivirent jusqu'à l'élection d'Humbert, nous ne parlerons que de Jean IV qui, près de rendre son âme à Dieu, se fit porter dans l'église où il expira saintement devant l'image du crucifix. Ce Monastère eut la faveur d'être visité plusieurs fois en 1052 par S. Pierre l'Ermite qui y opéra deux miracles et mourut peu après à Trévi, où son corps est vénéré.

L'année précédente le Pontife S. Léon IX après avoir célébré un concile à Rome vint à Subiaco ; il n'y trouva pas l'abbé Othon qui, sans qu'on en connaisse bien la cause, avait pris la fuite, il l'invita à revenir, et ne le voyant pas reparaître, il bénit comme abbé un Humbert, français d'origine, auquel il concéda l'usage de la crosse. Cet abbé fit beaucoup pour l'édification de la Sainte-Caverne et celle du Monastère de Sainte-Scholastique. Malheureusement il tomba dans le schisme de Benoît X, et Alexandre II y envoya le grand Hildebrand, qui se fit accompagner du cardinal Desiderio, abbé du Mont-Cassin, et d'un moine de Farfa, de sainte vie et de beaucoup de doctrine, nommé Jean. Hildebrand, ayant réuni les Moines en Chapitre, reçut l'abdication d'Humbert et mit à sa place, à la prière des Moines, Jean (an 1060), qui rétablit les affaires de l'Abbaye en conduisant les Moines à une plus exacte observance de la sainte Règle, en en revendiquant les biens et les droits et en réprimant l'audace des hommes très puissants qui les avaient usurpés. Il érigea encore la Forteresse de Subiaco en 1067 et porta à son apogée cette principauté Abbatiale, et la couvrit d'un nouvel éclat, quand il fut créé cardinal avec le titre de sainte Marie in Dominica, en 1074, par Grégoire VII ; un de ses Moines aussi, du nom de Grégoire, fut élevé à la dignité cardinalice, et quelques-uns d'eux furent appelés en Allemagne par Léopold III, marquis d'Autriche, pour remplacer les chanoines dans le Monastère de Melck en 1089. L'abbé Jean, moine fervent et prince sage, fut aussi valeureux capitaine comme il le parut dans la guerre qu'il dirigea lui-même contre les usurpateurs des domaines abbatiaux, se mettant à la tête de ses soldats, dirigeant les opérations des sièges, encourageant aux assauts, supportant au milieu des siens toutes les incommodités et s'exposant à tous les périls de la guerre. Il prit de force Anticoli et Genne, humilia le très puissant Landon et lui reprit les châteaux usurpés. Le pape Pascal II, revenant avec les Normands occuper les domaines du Saint-Siège, se transporta aussi à la cité de Tivoli pour la recouvrer, de là passa à Subiaco se joindre à l'abbé Jean qui n'avait pu encore ravoir les châteaux de Ponza et d'Afile usurpés par un Hildemond. Le souverain Pontife passa la nuit à Sainte-Scholastique, consola les moines et leur promit sa protection, et partit le lendemain pour Afile. L'abbé avec les gens du pape et les siens occupa d'abord Afile, puis assaillit Ponza où Hildemond s'était fortifié et après un violent combat le contraignit à se rendre. Les affaires de l'abbaye réglées, Pascal II monta à la Sainte-Caverne où il offrit le saint sacrifice de la messe, y consacra un nouvel autel, et en partit pour aller vers la Sabine. Enfin, l'abbé Jean V, en 1121, mourut plein de mérite, pleuré et béni des moines et de ce peuple qu'il avait fait heureux et puissant.

En ces temps un très riche seigneur du pays des Marses, le bienheureux Palombo, résolut de se dépouiller de tout pour suivre Jésus-Christ ; venu pour ce motif à Subiaco, il donna tout son bien au monastère et demanda comme une grâce à l'abbé de pouvoir habiter près de la grotte de S. Benoît ; on satisfit son désir et après avoir été ordonné prêtre il s'y retira dans une petite cellule et y passa vingt-cinq ans, jusqu'au moment de sa précieuse mort en 1115. Son corps repose dans l'église de Sainte-Scholastique, mais on ne sait pas bien dans quel endroit.

Presque à la même heure une autre étoile de sainteté jetait sur ces monts le plus vif éclat dans l'illustre vierge sainte Chélidoine. Elle était née dans les Abbruzzes, dans un village appelé Cicoli, aujourd'hui Flamignan. Elle s'enfuit de sa patrie par une inspiration divine, un Ange qui l'y conduisit lui indiqua le lieu qu'elle devait habiter ; c'était une horrible caverne au-dessus de Subiaco dans la montagne que l'on appelle Moraferrogna où, dans l'exercice d'une continuelle abnégation et d'une rude pénitence, refaite en de sublimes contemplations, elle mena une vie angélique pendant cinquante-neuf ans qu'elle vécut encore. La sainte avait coutume de venir souvent de sa caverne à l'église de Sainte-Scholastique, afin d'assister aux saints mystères et de se nourrir de l'Eucharistie. Conduite par le Saint-Esprit, elle demanda ensuite l'habit de S. Benoît et fit sa profession solennelle dans la même église le jour de la fête de sainte Scholastique de l'année 1109. Sa mort glorieuse arriva le 9 octobre 1152, elle fut annoncée par une colonne de feu qui en s'appuyant sur la grotte touchait le ciel ; symbole de son ardente charité et de son inébranlable courage, l'éclat en fut aperçu aussi par le souverain Pontife Eugène qui demeurait alors à Segui. Son corps repose intact aujourd'hui dans l'église de Sainte-Scholastique sous l'autel de l'Immaculée-Conception, et on la vénère comme protectrice de la cité de Subiaco qui célèbre sa fête de précepte le 13 octobre.

A Jean V succéda comme abbé Pierre IV qui prit les armes contre les habitants de Tibur, les défit et les contraignit à restituer les châteaux usurpés. Après sa mort, contre le vœu des moines, un certain Renaud obtint l'abbaye à la faveur de parents très puissants, mais son gouvernement fut détestable comme on devait l'attendre de cette malheureuse élection. A sa mort, qui ne tarda guère, Dieu pourvut le Monastère et les peuples de Subiaco d'un digne chef dans Simon Borelli, appelé Sagrino, moine du Mont-Cassin, puis créé aussi cardinal, dignité dont fut honoré vers ce temps un autre moine de Subiaco, du nom de Sylvestre.

Pour abréger ne rappelons pas les actes de Simon et ne parlons pas des deux abbés qui lui succédèrent l'un après l'autre ; remarquons seulement la venue à Subiaco du pape Innocent III en 1202, et la réforme opérée par ce grand pontife dans le Monastère de Sainte-Scholastique. Jean VI promu à l'Abbaye en 1216 eut l'honneur de recevoir le séraphique Père S. François d'Assise à qui il donna une église rurale, où s'éleva ensuite l'église et le couvent des Pères Franciscains, près Subiaco ; cet abbé s'employa beaucoup à embellir l'église de la Caverne. Son successeur, Lando, se fit un grand honneur de donner l'hospitalité au pontife Grégoire IX pendant bien deux mois dans le Monastère de la Sainte-Caverne, et exécuta des travaux grandioses dans le Monastère de Sainte-Scholastique ; il cessa de vivre en 1244 ou peu avant.

Au temps de cet abbé, menait une vie très austère près du lieu où fut le Monastère alors détruit de Sainte-Marie-de-Morabotte, le bienheureux Laurent, né à Fanello, petite terre entre Foggia et Manfredonia. Dès sa jeunesse il avait adopté le métier des armes, transporté un jour d'un mouvement subit de colère, il commit un homicide, mais il reconnut aussitôt et pleura amèrement sa faute ; il fit un pèlerinage au tombeau de S. Jacques, en Espagne, et revenu en Italie se porta vers ces monastères déjà si renommés et s'étant retiré au site dont nous avons parlé de Sainte-Marie, se réfugia dans une grotte voisine. Une de ses pénitences extraordinaires, la cuirasse ou cote de mailles (1) en fer armée de pointes, qu'il portait sur les chairs, le fit surnommer Loricato. Il portait aussi sur la tête un instrument de fer en forme ce couronne qui la lui entourait et la traversait au-dessus en forme de croix. Il avait coutume d'y appliquer un fer chaud le vendredi saint. Il dut un peu diminuer de ses rigueurs sur le conseil du cardinal Ugolin plus tard Grégoire IX, qui, attiré à la réputation de sa sainteté, était allé le voir. La piété du bienheureux Laurent fut pleine de tendresse envers la très sainte Vierge qui lui apparut et lui donna l'ordre de lui bâtir une église ; l'exécution en fut accompagnée de nombreux prodiges. Dieu l'appela à jouir du fruit de sa pénitence le 16 août de l'année 1247 ; son corps est vénéré, dit-on, dans l'église de la Sainte-Caverne, il reste aussi de lui un grand nombre de très dévotes prières écrites de sa main, que l'on garde dans le reliquaire de la Sainte-Caverne.

Le Monastère de Sainte-Scholastique eut la gloire de donner à l'Eglise un illustre pontife dans Alexandre IV de Jenne, un grand bienfaiteur des monastères de Subiaco, qu'après son élévation à la Papauté il visita, et conduisit à embrasser la stricte observance de la sainte règle ; ce fut en 1260. Dans un de ses diplômes, il dit de celui de Sainte-Scholastique « que tous les

---

(1) Cote de mailles, dans l'italien *lorica*.

autres monastères, et tous les lieux où l'Ordre est établi, ont coutume d'avoir les yeux tournés vers lui pour en apprendre la règle de la vie cénobitique. »

A Lando, succéda Henri, et, à sa mort, trois partis se formèrent parmi les moines dans l'élection du nouvel abbé ; cependant un moine, appelé Pélage, qui n'était soutenu que d'un petit nombre, aidé de ses proches, usurpa cette dignité les armes à la main, et fit tout le mal qu'il put avec une cruauté inouie contre les moines et les peuples, et le Monastère resta pendant quatre ans sans légitime pasteur, jusqu'à ce qu'Innocent V, en 1276, créa abbé le moine du Mont-Cassin, Guillaume, qui assiégea la forteresse abbatiale où s'était fortifié l'intrus Pélage, et s'en rendit maître deux mois après ; il rétablit ainsi les choses, et mérita l'amour et l'estime universel. Barthelmi lui succéda comme abbé, et après lui un François, frère mineur, s'empara du pouvoir à la faveur de ses proches, mais il fut déposé en 1300 par le Souverain Pontife et ce ne fut qu'en 1318 que le pape Jean XXII élisait Barthelmi II, moine de Cassin. En 1305, l'Anio débordant outre mesure rompit ses épaisses murailles qui retenaient les eaux des lacs, ils eurent ainsi leur libre cours, et il en est resté seulement quelques traces. Nous ne voulons pas oublier ici l'évêque d'Orvieto, Pierre Boerio, moine et abbé des saints Aignan et Pontien, appelé *doctor doctorum*, (docteur des docteurs), chargé de la visite et de la réforme des monastères de Subiaco, si chers au très dévot serviteur du saint patriarche Benoît, car il travailla beaucoup à réformer ces monastères et s'occupa de construire celui de S. Jérôme, et écrivit un double commentaire sur la sainte Règle à l'instance des moines. Il florit de 1320 au pontificat de Bonifice IX.

A la mort de l'abbé Barthelmi II les moines élurent Jean VII, prieur de la Sainte-Caverne, homme de tant de vertu et de doctrine que les Monastères de Farfa et de Norcie le demandèrent pour abbé, bien qu'ils ne dussent pas réussir. Il mourut en odeur de sainteté en 1348. Environ après trois siècles et demi son corps fut trouvé intact, vêtu du cilice et d'une grossière tunique, et d'un scapulaire avec une ceinture de cuir.

Sous les gouvernements qui suivirent, le fait le plus notable est la victoire remportée par l'abbé Adhémard, en 1355, contre les Tiburtins. Nous devons ensuite un grand éloge à l'abbé Barthelmi III, qui fut élu en 1362, et employa son zèle à faire refleurir la discipline monastique dans les Monastères de Subiaco où il appela aussi des moines d'outre monts, surtout d'Allemagne, puis il fut transféré par ordre pontifical à l'abbaye du Mont-Cassin. Après lui François II de Padoue occupa ce siège de Subiaco, et supplanté ensuite par le frère Thomas de Celano que le pape lui avait donné pour coadjuteur, mourut en paix comme un simple moine dans le Monastère de Sainte-Scholastique, et avec lui finit la succession des abbés librement élus par le chapitre conventuel des moines (an 1388) Le pape Urbain VI, en 1386, visita la Sainte-Caverne.

De 1388 à 1454 l'abbaye fut dirigée par des abbés dits curiaux, élus par le Saint-Siège, et dans ce temps-là nous remarquons que les moines de Subiaco furent appelés de nouveau à faire refleurir la discipline qui était tombée, dans le monastère de Melck, en Alle-

7

magne. Dès cette époque, en l'an 1390, Boniface IX divisa les biens de l'abbaye en deux parts qu'il assigna l'une à l'abbé et l'autre aux moines.

Calliste III, en 1455, donna cette abbaye en commende au cardinal Torrecremata, et dès lors elle fut toujours gouvernée par un abbé commendataire. Nous ne voulons pas en nommer tous les abbés, nous nous bornons à dire ce qui est arrivé dans la suite de particulier à ces monastères.

Le pontife Pie II donna la preuve de sa dévotion au patriarche S. Benoît, quand il vint pour vénérer la Sainte-Grotte l'an 1461. Les lettres n'eurent pas de faibles protecteurs dans les moines de Subiaco qui accueillirent les typographes Conrad Sweynheim et Arnaud Paunartz, en leur donnant l'occasion de transporter en Italie l'art inconnu de l'imprimerie; ainsi notre péninsule leur doit cet honneur et ce bienfait et trouva chez eux ses premières impressions, où l'on en conserve avec un soin jaloux un seul exemplaire comme un beau témoignage d'une telle gloire.

Les deux monastères avaient beaucoup souffert dans leurs biens et dans leur esprit sous les abbés commendataires, et les deux prieurs et les deux communautés décidèrent d'un commun accord de s'unir à la congrégation de Sainte-Justine-de-Padoue, dite ensuite de Cassin, et envoyèrent, dans ce but, deux procureurs aux pères de cette congrégation réunis en chapitre général à Mantoue. Les transactions aboutirent à la fin désirée, et l'union fut confirmée dans un diplôme de Léon X daté de 1514. Il s'en suivit de graves dissensions causées par la mauvaise volonté de quelques-uns qui n'aimaient pas à vivre selon la sainte règle, et la

prétention à certains droits et autres questions que
fomentait l'ennemi de tout bien pour empêcher l'ac-
complissement de cette union déjà solennellement
conclue. Ils finirent cependant par jouir en paix des
avantages qui s'obtenaient à être incorporés à cette
célèbre congrégation.

Il convient de faire une mention honorable de quelques moines illustres par la sainteté et la doctrine, qui
fleurirent dans les monastères de Subiaco depuis cette
union.

Guillaume Capisacchi de Narni professa la vie monastique en 1525 dans Sainte-Scholastique ; il écrivit la
Chronique de Subiaco jusqu'à l'année 1573 et la vie de
sainte Chélidoine.—Chérubino Mirzio, doyen de ce Monastère, corrigea et refit la chronique en la continuant jusqu'en 1629.— Placide de Rome y professa la
sainte règle en 1559, musicien remarquable et très
savant en littérature, en philosophie, en thélogie et en
droit canon.— Jules des Vecchioni de Castello fit profession dans la Sainte-Caverne l'an 1596 ; fut abbé,
procureur général, gouverneur et enfin évêque.—Silvio
Parisio de Rome, en 1615, professa la sainte règle à
Sainte-Scholastique, il était excellent prédicateur et fut
décoré de la dignité abbatiale.— Pierre Clavarino, romain, fit les vœux monastiques dans ce monastère en
1618 ; il fut bon poète, composa quelques œuvres et
beaucoup de vers latins dont un certain nombre se
voit inscrit ou sculpté en divers endroits du Monastère
de Sainte-Scholastique, dans la chapelle de la Santa-
Crocella, et probablement encore on doit lui attribuer
ceux qui se trouvent à la Sainte-Caverne.— Maxime
d'Arezzo, abbé titulaire, profès de Sainte-Scholastique,

composa en stances de huit vers la vie de S. Benoît, il mourut en 1622. — Virginius Alviset, moine bourguignon vint en Italie, et fut admis dans la famille monastique de Subiaco ; puis il passa à l'île de Lérins ; il mit au jour, en 1661, le célèbre ouvrage des privilèges des ordres réguliers, défendu pour quelque erreur jusqu'à ce qu'il fût corrigé, ce qui ne lui ôta pas le mérite d'une grande renommée. — Egidius Colonna, duc des Marses, fut capitaine d'une légion en Belgique et depuis moine de Subiaco ; il fut promu à l'archevêché d'Amasée et ensuite au patriarcat de Jérusalem et mourut octogénaire à Rome en 1686. Il avait montré son amour pour son ordre en en conservant encore l'habit et la tonsure dans les dignités, et à sa mort on connut toute l'affection qu'il nourrissait dans son cœur pour ces monastères de Subiaco, puisqu'à celui de Sainte-Scholastique il laissa par testament ses ornements sacrés et ordonna que son corps y fût transporté et inhumé, ce qui ne fut pas accompli ; et il légua au monastère de la Sainte-Caverne huit mille écus romains pour y faire vivre quatre moines au-dessus du nombre ordinaire.— Philippe Michel Ellis, moine de la congrégation anglaise, fut un zélé défenseur de la foi catholique en Angleterre, et pour cette raison Innocent XI le créa évêque et vicaire apostolique. Très cher au roi Jacques II et son prédicateur, il le suivit toujours dans l'adversité. Il vint ensuite à Rome, et de là à Subiaco où il demanda humblement et obtint d'être admis parmi les moines de la Caverne (an 1702). Il y demeura quelque temps à goûter les douceurs de la contemplation et y fit construire jusqu'au jour où Clément XI le retira de ce saint repos, pour le placer sur le siège épiscopal de Segni. Il gouverna cette église avec un zèle apostolique et y établit en le dotant lui-même un séminaire illustre. Il rendit l'âme à Dieu en 1726. Il a écrit avec une plume vraiment digne de Tite-Live un ouvrage qui a pour titre ; « *Jacobi II, magnæ Brittániæ* « *Regis, fidei defensoris, Imago.* » Portrait de Jacques II, roi de la Grande-Bretagne, défenseur de la foi.

Quand cet illustre évêque fut admis parmi les moines de Subiaco, était alors maître des novices à Sainte-Scholastique le P. Hippolyte Pugnetti, né à Plaisance en 1677 ;. il se fit moine ensuite à Cesena, se donna avec une ardeur extraordinaire à la piété et aux sciences, et devint très habile dans les lettres sacrées et la langue hébraïque et grecque. A la fin il se retira dans ce monastère de Subiaco où il mourut en odeur de sainteté le 15 décembre 1744. Il écrivit beaucoup d'ouvrages et il en méditait d'autres ; peu cependant ont vu le jour. Il reçut de la part de ses dévots le titre de vénérable pour sa vie merveilleuse et les grâces que Dieu voulut accorder à son intercession.— François Marie Ricci, dans le monastère de Sainte-Scholastique l'an 1751, traduisit le célèbre antilucrèce du cardinal Polignac. — Marc Antoine, élève du même monastère, composa un poème en stances de huit vers de la vie de S. Benoît. — Reprenons à présent le cours de notre récit.

En 1634 se tint le synode de Subiaco dans cette cathédrale de Sainte-Scholastique, choisie dans ce but par le cardinal abbé, Charles Barberini, qui ne crut pas trouver une place plus convenable, soit pour son étendue, comme aussi pour l'aide et l'allègement qu'il attendait des moines dans cette entreprise, ni plus digne à cause de la célébrité de l'Eglise qui méritait bien cet honneur.

Dieu accorda un don extraordinaire à ces peuples, et un grand honneur à ce siège abbatial, en y faisant monter le cardinal Braschi, puisque, à part ce qu'il fit comme cardinal, créé en 1775 souverain Pontife avec le nom de Pie VI, il voulut garder cette abbaye sous son gouvernement immédiat en la comblant de faveurs et de bénéfices très considérables. Il se transporta de Rome, ce que lui permit à peine les soins multipliés de l'Eglise universelle, pour revoir ces lieux à lui si chers, et implorer la protection de S. Benoît pour lui et pour l'Eglise, comme il le fit en célébrant encore la messe dans la grotte du saint patriarche, ce fut en 1791. Le cardinal Michelange Luchi, bénédictin, ajouta encore à l'éclat de ce siège sans l'avoir occupé long-temps, puisqu'il mourut après n'avoir gouverné qu'un an avec beaucoup de zèle, et fut inhumé dans l'é-glise de Sainte-Scholastique (an 1802). Mais un coup très fort fut porté à ces monastères en 1810, le consul Napoléon ayant donné l'ordre injuste, qui fut barba-rement exécuté, d'expulser les moines : ils furent ce-pendant, par un effet de la bonté de Dieu, rétablis cinq ans après dans leur chère demeure. En 1834, le pontife Grégoire XVI visita la Sainte-Caverne et l'Ermitage du bienheureux Laurent de Fanello, et célébra les saints mystères dans la grotte de S. Benoît dont il était fils, et le jour suivant dans Sainte-Scholastique sur l'autel de sainte Chélidoine.

Enfin le grand Pontife Pie IX, heureusement régnant, garda quelque temps le titre d'abbé de Subiaco et le 27 mai 1847 vint pour vénérer le saint patriarche Benoît.

Puis en 1850, il mit à sa place le père abbé Gazaretto qui avait formé à Saint-Julien de Genève une famille monastique à la pure observance de la sainte règle, et lui confia le soin de faire refleurir dans ce célèbre monastère de Sainte-Scholastique l'ancienne discipline. L'entreprise eut le succès désiré et donna une nouvelle splendeur aux antiques gloires de cette abbaye. Car la petite famille venue de Genève s'est ici tellement accrue qu'elle se répandit bientôt presque partout en Europe et même au delà, et c'est par elle que la congrégation de Cassin a été rajeunie sous le nom de congrégation de Cassin de la primitive observance dont le monastère de Subiaco de Sainte-Scholastique est devenu le centre et la tête. Ainsi par le dessein providentiel qui l'a fait naître, l'ordre bénédictin a reçu de même une vie nouvelle qu'il maintient ici dans sa vigueur et qu'il étend à d'autres lieux, et non seulement il promet de plus nombreux disciples, mais de nouveaux progrès dans la sainteté et la science.

APPENDICE

Dans l'intention de satisfaire les désirs habituels du pèlerin de Subiaco, il nous semble un devoir de donner comme une connaissance assez générale de l'ordre des Bénédictins,

Cet ordre illustre fondé par S. Benoît se répandit vite dans le monde, en portant des fruits abondants de sainteté, et développant, avec le règne de Jésus-Christ, la civilisation, les sciences et les lettres. Peu d'années après sa mort, déjà presque tous les monastères de l'Italie avaient embrassé la règle du saint Fondateur ; en France, au temps de Charles Magne, on ne pensait pas qu'il y eût d'autres moines que les Bénédictins, et au témoignage de S. Odon, abbé de Cluny, de son vivant cette institution était partout florissante. Sans nous arrêter à des détails, qui nous mèneraient trop loin, disons que sous le règne du pape Jean XV, sur la fin du Xe siècle, dans la ville de Rome on comptait quarante monastères de moines et vingt de religieuses de l'ordre Bénédictin, et partout ailleurs au temps du Concile de Constance il y avait quinze mille cent sept monastères sans compter ceux qui recevaient moins de dix moines. De saints et de bienheureux le pape Jean XXII, créé en 1316, en comptait jusqu'alors quarante mille.

De ce saint ordre Dieu tira pour son Eglise quarante souverains Pontifes, d'innombrables évêques et des apôtres qui détruisirent l'idolâtrie dans toute l'Europe, il suffit de nommer saint Augustin qui évangélisa l'Angleterre ; saint Boniface, l'Allemagne ; saint Anschaire, la Suède et le Danemark ; saint Suitbert, la Frise, la Hollande et la Saxe ; saint Volfang, la Hongrie ; saint Adalbert, la Bohême et la Pologne ; saint Léandre, l'Hespagne. Buillo, espagnol, qui fut envoyé par Alexandre VI avec douze compagnons pour annoncer la foi dans l'Amérique alors découverte, et établi premier archevêque des Indes-Orientales. Enfin pour les derniers temps Grégoire XVI, dans la nouvelle Hollande ou Australie, érigea en 1842 l'archevêché de Sydney en y plaçant pour premier archevêque le bénédictin Polding, et les deux sièges d'Adélaïde et d'Hobartown dont il fit évêque Mgr Marphy et Mgr Wilson aussi bénédictins. De là sortirent les docteurs saint Grégoire-le-Grand, saint Isidore, saint Ildefonse, saint Bède-le-Vénérable, saint Bernard, saint Pierre Damien et beaucoup d'autres savants comme Alcuin, précepteur de Charles Magne et Raban Maur. De plus, les sciences et les lettres possèdent les trésors de l'antiquité par l'entremise des moines de S. Benoît, qui pour les conserver, en les transcrivant avec beaucoup de fatigue et de zèle, multiplièrent les auteurs sacrés et profanes exposés à périr dans les temps en particulier de l'inondation des barbares qui livraient tout à la destruction et à l'incendie. Les monastères étaient presque toujours des universités publiques où l'on enseignait toutes les sciences surtout la sainte Ecriture et les saints Pères. En outre les Bénédictins eurent toujours grand soin de transmettre à la postérité les anciens monuments de l'Histoire sacrée et civile et les mémoires de leurs temps. Ainsi nous savons qu'en Angleterre on désignait en plusieurs monastères un moine docte et diligent, pour noter les actes du Roi et les évènements du règne, qu'à la mort de chaque Roi on examinait dans un chapitre général qui en faisait dresser une chronique conservée dans les archives. Pour avoir des savants dans les évêques, on les choisissait généralement parmi les moines ou du moins parmi leurs disciples. Les religieuses encore se devaient à l'étude et à la transcription des livres, et quelques-unes aussi en composèrent, comme la poètesse Roswida, sainte Hildegarde, sainte Gertrude-la-Grande.

Et quel grand honneur pour cet institut d'avoir donné Denys le Petit, inventeur du Cycle paschal, Gilbert (1), moine de Fleuri devenu pape sous le nom de Sylvestre II, qui inventa les orgues et les horloges hydrauliques, et le bienheureux Guy d'Arezzo qui trouva les notes musicales ! Saint Burcard réduisit les lettres et les décrets des souverains Pontifes en vingt livres, Gratien, moine de Bologne, les ordonna en meilleure forme, et composa la fameuse Concordance des Canons; Strabon, moine de Fulda, composa la glose ; D. Nicole De-Donis trouva et éclaircit les tables de Ptolémée ; D. Constantin d'Afrique, moine du Mont-Cassin, fit comme renaître l'art de la médecine, et enfin Nicole Tedeschi, dit l'abbé de Palerme, mérita pour sa science et ses ouvrages le surnom de lumière des légistes ; tous sont Bénédictins. Nous aurions à parler des cardinaux Sfondrate, d'Aguirre, Quirini et Pitra, d'un Mabillon, d'un Calmet, d'un Borghini, d'un Bacchini, d'un Guéranger, d'un Tosti et d'autres semblables, mais la brièveté de cet opuscule ne le permet pas. Cependant nous dirons en finissant que l'ordre Bénédictin, de plus que ses travaux apostoliques et littéraires, a fait des prodiges de charité à l'égard des enfants, des pauvres et des esclaves, des veuves et des orphelins et de toute

---

(1) Gilbert « Gerbert, moine au monastère de Fleury-sur-Loire, fut archevêque de Ravenne, et pape sous le nom de Silvestre II. »

la société qu'il a tirée de la barbarie, élevée par la religion, ennoblie par la politesse des mœurs dont se vantent les nations modernes. Nous le disons à la gloire de Dieu et à l'honneur de son serviteur le grand patriarche S. Benoît.

FIN.

TABLE DES MATIÈRES

Angoulême. — Imp. Roussaud, rue Tison d'Argence.

SOMMAIRE

DE CE QUI EST CONTENU DANS CETTE NOTICE

SOMMAIRE

De ce qui est contenu dans cette Notice

~~~~~~~~

I.

La Sainte-Montagne.

II.

La Sainte-Caverne.

La Sainte-Caverne, et la grotte inférieure dont le sixième Abbé de Subiaco, Pierre (voir page IV, Pierre I), forma une véritable église. Le Pontife Léon IV, en 853, y consacra deux autels. Ces deux grottes furent couvertes et réunies en une seule dans la moitié du onzième siècle par l'abbé Humbert (voir page V) avec l'aide de Léon IX. Jean V, (voir page V), Abbé de Subiaco en 1062, acheva cette église et la fit orner de peintures, ce que fit aussi plus tard Jean de Tagliacozzo, nommé prieur de la Sainte-Caverne par Innocent III. En 1595, l'Abbé Jules de Mantoue

Dans le Monastère fondé par Humbert dans la moitié du onzième siècle, et achevé par Jean V, furent accueillis, en 1165, les Moines Basiliens, chassés de Grottaferrata par la guerre entre les Romains et les Tusculans. Innocent III, en 1202, y établit une famille monastique.

Mgr Tedeschi, évêque de Lipari, bénédictin, en entreprit et poursuivit jusqu'à sa mort, en 1741, les réparations spirituelles et matérielles. Le Père Abbé Casaretto (voir pages III, X), envoyé à Subiaco par le Souverain Pontife Pie IX, en 1851.

1165
1202
1741
1851

LA DESCRIPTION DES PEINTURES

DES SANCTUAIRES ET DU MONASTÈRE DE LA SAINTE-CAVERNE.

III.

Saint Benoît,

Patriarche des Moines d'Occident.

Benoît

Saint Benoît, premier Abbé de Subiaco. Il se retire dans la grotte de Subiaco vers l'an 494.

Saint Benoît établit sa première congrégation et élève douze monastères. Départ de saint Benoît de Subiaco. Mont Cassin. Mort de Saint Benoît, 543.

494
543

IV.

La Sainte-Règle.

V.

Premier Monastère de Sainte-Scolastique.

Saint Benoît construisit, au lieu de Subiaco, un Monastère et une Eglise consacrée aux saints Martyrs Cosme et Damien. Saint Honorat, son successeur, la transforma en cour capitulaire et construisit, en 593, où est l'église d'aujourd'hui, une autre église en l'honneur des saints Benoît et Scolastique ; quatre siècles plus tard, elle fut renouvelée en style gothique et dédiée à Sainte Scolastique. Le titre de Saint-Benoît fut réservé à l'Eglise et au Monastère de la Sainte-Caverne, que saint Honorat voulait élever. L'Eglise de Sainte-Scolastique fut restaurée en 1770. Le Père Abbé Casaretto (voir pages ii, x) y fit de grands travaux pour l'embellir et l'acheva en 1852.

1770

1852

Cette Eglise est la cathédrale de l'Abbaye : Pie IX nomme Abbé de Subiaco le Cardinal Monaco.

Monaco

Description des peintures de l'Eglise et du Monastère de Sainte-Scolastique, dans laquelle sont énumérés les châteaux et les biens appartenant au Monastère, sous l'abbé Humbert.

VI.

Abbaye de Subiaco.

Saint Honorat laissé à Subiaco pour en gouverner les Monastères. Il vivait du temps de saint Grégoire le Grand. On croit que ce Pontife est venu lui-même en personne consacrer la nou-

Les Abbés de Subiaco rappelés dans la Notice.	Dates des faits.
	593
	598
Elie	
	601
	705
Etienne I	
	847
Pierre I	
Léon III	
	931
	938
	942
	963
	981
S. Pierre III	992
	1002

velle Eglise des saints Benoît et Scolastique, que saint Honorat avait fait construire en 593. Saint Honorat mourut en 598. Il eut pour successeur Elie, sous le gouvernement duquel les Lombards firent une irruption et détruisirent les Monastères de Subiaco, en 601 ; les Moines se retirèrent à Rome, dans le Monastère de Saint-Erasme, sur le mont Célius, où ils demeurèrent cent quatre ans. Pendant ce temps, l'un deux, Adéodat, fut élu Souverain Pontife.

En 705, sous le Pontificat du Pape Jean VII, les Moines de Subiaco retournèrent à leur ancienne solitude, ils élurent Etienne I et reconstruisirent à partir des fondements le Monastère de Sainte-Scolastique. En 847, il fut livré aux flammes et détruit par les Sarrazins, reconstruit cinq ans après par l'Abbé Pierre I, avec l'aide du Souverain Pontife saint Léon IV. Sous le gouvernement de l'Abbé Léon III, furent découverts les corps des saints Martyrs Audax et Anatolie, dont on fit la translation solennelle en 931. En 938, le Monastère, pour la troisième fois, fut dévasté par les Hongrois et reconstruit peu après. De cette restauration jusqu'à 992, saint Odon, Abbé de Cluny, fut envoyé par le Souverain Pontife en 942 pour la réforme des Moines, le Pape Jean XII visita le Monastère en 963, et le Pape Benoît VII y vint consacrer, en 981, la basilique de Sainte-Scolastique réédifiée durant son Pontificat.

En 992, Pierre III fut élu Abbé et mourut en 1002. De son temps, l'Empe-

Les Abbés de Subiaco rappelés dans la Notice.	Dates des faits.
Jean IV.	
	1052
Othon	
Humbert	
Jean V	1060
	1067
	1074
	1089
	1121
Pierre IV	

reur Othon visita l'Abbaye de Subiaco. Parmi les Abbés qui suivirent, Jean IV, mort saintement. Ce Monastère reçut plusieurs fois la visite, en 1052, de saint Pierre, ermite, qui y fit deux miracles et peu à près mourut à Trévi, où son corps est vénéré.

L'année précédente, le Pontife saint Léon IX, après un Concile tenu à Rome, vint à Subiaco, il n'y trouva pas l'Abbé Othon qui avait pris la fuite, et bénit comme Abbé un Français du nom d'Humbert, qui tomba dans le schisme de Benoît X ; Alexandre II envoie Hildebrand, qui met, à la prière des Moines, à la place d'Humbert, Jean, 1060. Cet Abbé érigea la forteresse de Subiaco en 1067 et porta cette principauté Abbatiale à sa plus grande puissance. Il fut créé cardinal avec le titre de « Sainte-Marie in Dominica », en 1074, par Grégoire VII (Hildebrand). Il envoie à la demande de Léopold III, Marquis d'Autriche, quelques-uns de ses Moines pour remplacer les Chanoines au Monastère de Melck en 1089. Il fit la guerre et reprit les biens abbatiaux sur ceux qui s'en étaient emparés. Le Pape Pascal II, revenant avec les Normands occuper les domaines du Saint-Siège, se dirigea sur la ville de Tivoli pour la recouvrer et ensuite porta secours à l'Abbé Jean contre Hildemonc. Jean V mourut, en 1121.

A Jean V, succéda Pierre IV qui prit les armes contre les Tiburtins et les contraignit à rendre les châteaux usurpés. Après lui, contre les vœux des Moines, un certain Renaud fut nommé Abbé par la faveur de ses proches.

Les Abbés de Subiaco rappelés dans la Notice.	Dates des faits.
Simon Borelli	
Jean VI.	1202
	1216
Lando	
	1244
	1260
Henri	
Pelage, intrus	
Guillaume	
Barthélemi I François, intrus	1300
	1318

Il mourut bientôt, et Dieu pourvut le Monastère d'un chef plus digne dans Simon Borrelli, dit Sagrino, Moine du Mont-Cassin, créé ensuite Cardinal.

Le Pape Innocent III vint à Subiaco en l'an 1202; il réforma le Monastère de Sainte-Scolastique. Jean VI, promu Abbé en 1216, eut l'honneur de la visite de saint François d'Assise, auquel il donna une église rurale où s'éleva dans la suite l'Eglise et le Couvent des PP. Franciscains, près de Subiaco. Son successeur, Lando, fut honoré d'avoir pour hôte le Pontife Grégoire IX, dans le Monastère de la Sainte-Caverne, et fit des travaux remarquables dans celui de Sainte-Scolastique. Il mourut en 1244 ou peu avant.

Le Monastère de Sainte-Scolastique eut la gloire de donner à l'Eglise un illustre Pontife, Alexandre IV de Jenne, il visita les Monastères de Subiaco et les amena à embrasser la stricte observance de la sainte règle, en 1260.

A Lando succéda Henri; à sa mort le pouvoir tomba entre les mains d'un Moine appelé Pélage, qui, aidé de ses proches, s'en empara par les armes. Pendant quatre ans, l'Abbaye reste sans légitime pasteur jusqu'en 1276; alors Innocent V créa abbé le Moine de Cassin, Guillaume, qui attaqua la forteresse Abbatiale où Pélage s'était fortifié et s'en empara après deux mois de siège. Barthelmi lui succéda et après lui un François, frère mineur, se porta au pouvoir par la faveur de ses proches, il fut déposé en 1300 par le Souverain Pontife, et en 1318 le Pape

Les Abbés de Subiaco rappelés dans la Notice.	Dates des faits.
Barthélemi II	1305
	1320
Jean VII	
	1348
	1355
Adhémar	
Barthélemi III	1362
François II de Padoue	•
	1388-1386
	1388-1454
	1390
	1415
Torrecremata	

Jean XXII élisait Barthelmi II, Moine de Cassin. En 1305, le débordement de l'Anio rompit les murailles qui retenaient les eaux des lacs. L'évêque d'Orvieto, Pierre Boerio, chargé de la visite et de la réforme des Moines de Subiaco, travailla à reconstruire le Monastère de Saint-Jérôme et écrivit un double commentaire sur la sainte Règle à l'instance des Moines. Il fleurit de l'année 1320 au Pontificat de Boniface IX.

A la mort de l'Abbé Barthelmi II, les Moines élurent Jean VII, déjà prieur de la Sainte-Caverne, il mourut en odeur de sainteté en 1348.

Sous les gouvernements qui suivent le fait le plus remarquable est la victoire remportée, en 1355, par l'Abbé Adhémar, contre les Tiburtins. L'Abbé Barthelmi III fut élu en 1362, et plus tard transféré par ordre pontifical à l'Abbaye du Mont-Cassin ; il eut pour successeur à Subiaco François II de Padoue, qui fut supplanté par le frère Thomas de Celano, son coadjuteur. Il fut le dernier des Abbés librement élus par le chapitre conventuel des Moines, 1388. Le Pape Urbain VI, en 1386, visita la Sainte-Caverne.

De 1388 à 1454, l'Abbaye fut gouvernée par des Abbé dits curiaux, élus par le Saint-Siège. En 1390, Boniface IX, divisa les biens de l'Abbaye entre l'Abbé et les Moines.

Calliste III, en 1455, donna cette Abbaye en commende au Cardinal Torrecremata, et dès lors elle fut toujours gouvernée par un Abbé commendataire.

Les Abbés de Subiaco rappelés dans la Notice.	Dates des faits.
	1461
	1514
Jules des Vecchioni de Castello	1525 1573 1629 1559 1596
Maxime d'Arezzo	1615 1618 1622 1661

Le pontife Pie II visita la Sainte-Grotte, l'an 1461. Les Moines de Subiaco accueillent les typographes Conrad Sweynheim et Arnaud Paunartz, et introduisent l'art de l'imprimerie en Italie.

Les deux Monastères (la Sainte-Caverne et Sainte-Scolastique) avaient beaucoup souffert sous les Abbés commendataires, et les deux prieurs et les deux communautés résolurent de s'unir à la congrégation de Sainte-Justine-de-Padoue, dite ensuite de Cassin. Cette union fut confirmée dans un diplôme de Léon X, en 1514.

Moines illustres de l'Abbaye de Subiaco :

Guillaume Capisacchi professa la vie monastique dans Sainte-Scolastique, en 1525. Il écrivit la chronique de Subiaco, jusqu'à l'année 1573. — Cherubino Mirzio, doyen de ce Monastère, la conduisit jusqu'à l'année 1629. — Placide de Rome professa la sainte Règle dans le même Monastère, en 1559. — Jules des Vecchioni de Castello fit profession dans la Sainte-Caverne, en 1596. — Silvio Parisio, de Rome, professa la sainte Règle dans Sainte-Scolastique en 1615. — Pierre Clavarino, romain, fit ses vœux dans ce monastère en 1618. — Maxime d'Arezzo, Abbé titulaire, profès de Sainte-Scolastique, il mourut en 1622. — Virginius Alviset, moine Bourguignon, admis parmi les Moines de Subiaco, mit au jour le célèbre ouvrage des privilèges des ordres réguliers, en 1661.—Egidius Colonna, duc des Marses et depuis

Moine de Subiaco, promu à l'archevêché
d'Amasée et ensuite au patriarcat de
1686 Jérusalem, mourut à Rome en 1686. —
Philippe Michel Ellis, Moine de la Congrégation anglicane, créé par Innocent XI Evêque et Vicaire Apostolique.
Il vint à Rome, et à Subiaco où il fut
admis parmi les Moines de la Sainte-
1702 Caverne (an 1702) ; Clément XI l'en
retira pour le placer sur le Siège épis-
1726 copal de Segni, il mourut en 1726.

Alors qu'il fut admis parmi les Moines
de Subiaco, était maître des novices
à Sainte-Scolastique, le P. Hippolyte
1677 Pugnetti, né à Plaisance en 1677, il se
fit moine à Cesena, et à la fin se retira
dans le Monastère de Subiaco, où il
mourut en odeur de sainteté, le 15 dé-
1744 cembre 1744. — François-Marie Ricci,
dans le Monastère de Sainte-Scolas-
1751 tique, l'an 1751, traduisit le célèbre
Anti-Lucrèce du Cardinal Polignac. —
Marc Antoine, élève du même Monastère, composa un poëme en stances de
huit vers de la vie de saint Benoît.

On continue le récit des faits.

1634 En 1634, se tint le synode de Subiaco
dans la Cathédrale de Sainte-Scolastique, que le Cardinal Abbé Charles
Barberini avait choisie.

Le siège abbatial de Subiaco eut le
grand honneur d'avoir pour Abbé le
cardinal Braschi qui, devenu pape sous
1775 le nom de Pie VI, en 1775, voulut
garder le gouvernement de cet Abbaye,
il s'y transporta de Rome pour la revoir
et célébra la messe dans la grotte de
Saint-Benoît, en 1791. Le cardinal
Michelange Luchi, bénédictin, ajouta
à l'éclat de ce siège, sans l'avoir occupé

1791

longtemps ; il mourut au bout d'un an, et fut inhumé dans l'église de Sainte-Scolastique (an 1802). Les Moines de ces Monastères en furent expulsés en 1810, par l'ordre de Napoléon, ils y revinrent cinq ans après. En 1834, le Pontife Grégoire XVI visita la Sainte-Caverne et l'Ermitage du bienheureux Laurent de Fanello, il célébra la messe dans la grotte de S. Benoît dont il était fils, et le jour suivant à Sainte-Scolastique, sur l'autel de sainte Chélidoine.

Le grand Pontife Pie IX garda quelques temps le titre d'Abbé de Subiaco, et le 27 mai 1847, il vint pour vénérer le saint patriarche Benoît, puis en 1850, il remit au père Abbé Casaretto qui avait formé à Saint-Julien de Gênes, les Moines à l'observance exacte de la Sainte-Règle, la charge de la faire refleurir dans le célèbre Monastère de Sainte-Scolastique et plus tard dans le sanctuaire de la Sainte-Caverne.

APPENDICE.

Angoulême. — Imp. ROUSSAUD, rue Tison d'Argence, 3.

ERRATA

Dont plusieurs ne sont pas d'une grande importance.

Pages.	Lignes.	Au lieu de :	Lisez :
1re	9e	qui.... fut	, pendant trois ans, la pieuse, etc....
2e	1re	prier	puiser
4e	4e	du point	mettez une virgule.
12e	26e	justcment	justement
13e	2e	rechercher	découvrir
16e	14e	leurs sièges	des sièges
17e	21e	Benoît qui est	Benoît
19e	8e	Chapelle	Chapelles (Chapelle de Sainte-Scolastique devrait être en caractères italiques).
28e	5e	qui	et qui
29e	9e	Supprimez la virgule après *grand*.	
31e	11e	Gérôme	Jérôme
38e	32e	qui, au	elle était, à son commencement,
39e	2e	Après la virgule, mettez *et*	
40e	18e	Supprimez la virgule après *et*, et mettez-la avant	
41e	30e	Après *d'autre*, ôtez la virgule.	
42e		III. Après : *la source miraculeuse* —, et avant : — *Maur et Placide*, mettre : Le Goth.	
45e	2e	Supprimez *et*	
45e	14e	d'un	du
49e	11e	Gérôme	Jérôme
49e	14e	il y est	on y voit
51e	21e	Supprimez la virgule après *et*, et mettez-la avant.	

Pages.	Lignes.	Au lieu de :	Lisez :
52ᵉ	7-8ᵉ	voici qu'elle fut sa réponse	voilà, dit-elle,
52ᵉ	8ᵉ	Supprimez *dit-elle*.	
56ᵉ	19ᵉ	Mettez un point-virgule après *nuit*.	
59ᵉ	4ᵉ	détacher	détaché
59ᵉ	14ᵉ	des monts	en avant des monts
60ᵉ	2ᵉ	contemple	voit s'étendre
60ᵉ	4ᵉ	élevée sur	et élève
60ᵉ	5ᵉ	roche	forteresse
60ᵉ	8ᵉ	qui se montre	se montrant
60ᵉ	12ᵉ	escarpé qui aboutit	rapide aboutissant
60ᵉ	13ᵉ	de la sort	sortant
62ᵉ	3ᵉ	la	le
62ᵉ	10ᵉ	Audace	Audax
62ᵉ	27ᵉ	Audace	Audax
62ᵉ	30ᵉ	Saint	Père
65ᵉ	12ᵉ	campanile	campanille
67ᵉ	13ᵉ	Après *fils*, mettez une virgule.	
67ᵉ	20ᵉ	latinitatis, »)	latinitatis), »
67ᵉ	21ᵉ	latinité »),	latinité), »
67ᵉ	26ᵉ	quitanas	quintanas
68ᵉ	13ᵉ	Après *Indiction VIII*, mettez : (1).	

Au bas de la page, mettez en renvoi :

(1) Indiction, durée de quinze ans, manière de supputer le temps, employée par les Empereurs et les Papes à partir de 312, année de la victoire de Constantin sur Maxence ; on appelle indiction romaine, parce que les Papes en ont souvent daté leurs bulles, celle dont le commencement coïncidait avec le commencement même de l'année.

77ᵃ	22ᵉ	Mettez un point-virgule après *courage*	
77ᵉ	24ᵉ	Segui	Segni
78ᵉ	18ᵉ	près	près de
80ᵉ	23ᵉ	ses	les

Pages.	Lignes.	Au lieu de :	Lisez :
80e	24e	ils	elles
80e	25e	il en est resté seulement	et il ne resta des lacs que quelques traces
81e	2e	florit	fleurit
81e	3e	Bonifice	Boniface
81e	9e	trois	deux
81e	13e	Adhemard	Adhémar
83e	14e	Chérubino	Cherubino
84e	26e	Sainte-Justine-de-Padoue,	Sainte-Justine de Padoue,
85e	14e	la langue	les langues
85e	30e	Supprimez *soit*	
86e	20e	Supprimez *le consul*	
87e	2e	Genève	Gênes
87e	8e	Genève	Gênes
89e	19e	dix	six
90e	3e	virgule	mettez un deux-points.
90e	8e	Hespagne	Espagne
90e	8e	un point	mettez un point-virgule.
90e	15e	évêque	évêques ;
90e	17e	Supprimez les *traits d'union.*	
90e	18e	it.	it.
90e	20e	Charles Magne	Charlemagne
91e	8e	Supprimez les *traits d'union.*	
91e	18e	it.	le *trait d'union.*

EXTRAIT DE DEUX PASSAGES DE LA BROCHURE
CORRIGÉS D'APRÈS LES ERRATA MARQUÉS

Pour le premier passage, de la page 1ʳᵉ, ligne 9ᵉ,
à la page 2ᵉ, ligne 1ʳᵉ.

Page 1ʳᵉ, ligne 9ᵉ, jusqu'à la page 2ᵉ, ligne 3ᵉ inclusivement.

Une caverne vénérable, pendant trois ans la pieuse résidence et l'asile du grand serviteur de Dieu Saint Benoît, qui avait fui les dangers du monde, où dans la suite, comme un doux essaim, prirent leur vol d'innombrables âmes venues pour y puiser aux sources de la dévotion, ou pour y trouver la paix de la conscience, ou bien encore pour y vivre dans la contemplation du ciel.

Pour le second passage inclusivement, de la page 59ᵉ,
ligne 14ᵉ, à la page 60ᵉ, ligne 13ᵉ.

Page 59ᵉ, ligne 14ᵉ, jusqu'à la page 60ᵉ, ligne 13ᵉ inclusivement

En avant des monts plus éloignés qui se portent comme des géants sur l'horizon, se rangent à chaque pas, sous l'œil, ravi d'autres monts de différentes formes, qui diminuent peu à peu, avec de nombreux châteaux sur les sommets, les collines se succèdent et l'on voit s'étendre la vallée, au milieu de laquelle sous un bel et agréable aspect est assise la cité de Subiaco, qui semble se reposer sur un vert coteau, et élève sa forteresse majestueuse qui domine toute la vallée. Le pèlerin avance ainsi jusqu'à la grande tour qui termine le chemin de ce côté, et voit au dessous le Monastère grandiose de Sainte-Scolastique, se montrant au complet dans ses cloîtres, l'église et le campanille. Le désir d'y trouver un nouvel aliment à la piété, le fait bien vite reculer de quelques pas, et puis descendre par un sentier rapide, aboutissant au bosquet, et sortant sur la route qui conduit par une légère pente à.....